U0103480

香江行山雅詠

張隆溪 編
張隆溪 張宏生 張健 合著

中華書局

目錄

【二〇一三年】

【二〇一四年】

【二〇一五年】

推薦序／張信剛

從蕞爾荒島到東方之珠

一八四〇年鴉片戰爭後的《南京條約》將廣州府寶安縣所轄的香港島割讓給英國。英國人初時認為這只是一個山石嶙峋的荒蕪小島，後來卻發現香港島北面的海水很深，是個值得發展的良港。一八六〇年，英法聯軍攻入北京，火燒圓明園，咸豐避走承德；其後的《北京條約》將九龍半島南端（即今界限街以南）割讓給英國。一八九八年，英國人自居勸說日本「歸還遼東」有功，催逼清政府簽訂《拓展香港界址專條》，租借九龍半島北部以及附近約二百個島嶼，租期九十九年。

天時、地利加上一個多世紀的建設，香港在二十世紀中葉已是東亞大陸最發達的都會和轉口港，也是中國對外交通的重要窗口。一九六七年，香港發生持續暴動，英國殖民政府深受震撼。一九七〇年代麥理浩擔任香港總督時，致力於提高香港人對殖民政府的信賴——建立廉政公署，普及免費教育，推出公共屋邨，建設康樂設施，承認中文為合法語文。

一九八〇至一九九〇年代，香港是亞洲四小龍之一，對中國內地的改革開放做出很大貢獻，是名副其實的「東方之珠」！

從行山團到行山詩

一九九七年，香港回歸中國，成為一個特別行政區。特區政府很重視吸引各種專才到香港任職，並且加速發展高等教育。在這個過程中，許多成長

於中國內地和臺灣的專家學者來到香港工作和居留。他們當中許多人有在歐美學習和工作的經驗，他們的到來，使素來由受英文教育的港人和英美人士所主導的香港知識界出現了新生態。

二〇〇三年春季，香港受非典（SARS）疫情影響，大家心情頗為鬱悶。四月中，我們夫婦和幾位同事及家人們結伴到新界的嘉道理農場登山遊玩；大家非常享受郊野風光和且行且談的樂趣。從那時開始，只要身在香港，我們幾乎每週日都相約登山（粵語謂之「行山」）。十餘年來，除了炎炎夏日，每個星期天，在香港某個風景區的山徑中，一定有我們行山團的身影。

行山團的固定成員約十數人。十多年間，各大學來自中國內地、臺灣及其他國家的訪問學者為數不少，他們也經常應邀參加行山。這些臨時團友的參與不但增添了行山的趣味，而且帶來了多元文化，並進一步豐滿和充實了休閒調適與思想交流的好時光。

二〇一〇年起，行山團的活動更形豐富。每次都由張隆溪教授或張宏生教授事先選出一兩首古詩或詞，在行山途中休息時發給各人，並在解說後與眾人齊聲朗誦。張隆溪文革時勤奮自學，破格越過本科直接進入北大碩士班，之後獲哈佛大學博士，是世界知名的比較文學學者，又喜愛中國古典文學，擅寫舊體詩，能繪畫；張宏生是南京大學從碩士到博士一路培養的精英，研究中國古代文學，專攻詩詞，是廣受推崇的宋代及清代詞學權威。行山團諸人有這兩位張教授為大家在郊野山中講解詩詞，何其幸也！

二〇一一年五月起，兩位張教授又有新的創意，每次行山後，就當日所見所感寫成古體詩或詞，以電郵發給諸山友，以「奇文共欣賞」。二人分別選題創作之外，也經常相互唱和。如此延續了七八年，累積的「雅詠」約一百七十首。優美的古體詩詞創作成為每次行山之後讓山友們回味不已，成為大家企盼的不一般的文學享受。

山友們一致認為，如此佳作，不可自專，敦促兩位張教授將這些詩詞結集出版。《香江行山雅詠》於焉問世。

行山雅詠的特色

香港是全球重要的金融中心和交通樞紐。沒有在香港生活過的人，尤其是匆匆過客，往往以為香港只是一個人口密集的商業都市，殊不知香港的二十三個郊野公園裏有百餘條秀美的行山徑，正如書中詩云：「可人最是香江色，一路芬芳愜意看」。《香江行山雅詠》不啻於一冊寓香港行山徑及美景於詩詞的導覽；在這些作品中，香江山水是一幅幅帶有音韻的畫卷。茲信手摘錄三首七律：

紫羅蘭徑 ／ 張隆溪

紫蘭曲徑臨滄海，迤儷回環淺水灣。
風勁吹枯低秀木，霧濃滴翠染空山。
飛煙半罩迷青嶺，浮靄初開見北帆。
新綠枝頭春意盛，葉尖芽嫩吐朱丹。

石澳龍脊登山 ／ 張宏生

遠墅近臺疑有無，雲斜草偃正模糊。
濤飛滄海當風立，人作少年振臂呼。

一坂繁花猶夏韻，兩行雁字憶秋皋。
相偕依舊無窮意，石澳村中賞饌廚。

東涌山行至大澳／張健

長風碧海何雄哉，縹緲雲山次第開。
萬樹花香隨曲徑，三王廟冷入荒苔。
浮樓點點漁人宿，煮蟹家家行客來。
回首煙波瀰漫處，一杯吟罷共登臺。

（以上「淺水灣」、「石澳」、「東涌」、「大澳」都是香港地名；張健教授曾數次參與行山，本書亦收有其詩數首。）

書中所言，「週末總韶光，人作闔家聚。南國相逢似有緣，山水清和處」；「林下誦詩懷往古，席間談笑話時新」；「香江風物無窮盡，且喜諸君與共遊」，正是我們行山團的寫照。

本書收錄的詩詞雖以登山所見所感為主，也不乏論及文化交流及時事的詩作，節錄數則：「求知何懼行千里，論學豈辭越五洲」；「遙知萬里相思處，歐土也聞戛竹聲」；「泰西高典欲徂東，嶺外沙田仰道風」；「竟來異域擁皋比，堂下諸生碧眼多」；「柳暗康河初日曉。庠序連綿，才俊知多少？」書中佳作，不及細論，尚有待讀者諸君品味賞析。

本書的特色就在於其創作的時代、地點與環境。在二十一世紀初的香港，一個多種文化並存的國際大都會，兩位文學教授每週與各方學者登山同

遊，交流思想，共話情愫，他們寫就的詩詞作品，自然反映出這樣獨特的人、地、時。

我敢說，《香江行山雅詠》是中國文學史上首次出現幾位相知的張姓文學家，以相似題材和不同筆法創作既媲美唐宋名篇，又具有時代特質的文學佳作。

二十一世紀是漢字受全世界重視的時代，也是漢文古典詩詞因為融入現代元素而再現生機的時代！《香江行山雅詠》正是這不凡時代裏一本不可多得的好書！

「造化香江多秀美，及時相約共登攀」！

二〇二二年四月十八日

編者序／張隆溪

劉彥和《文心雕龍．神思》有句云：「登山則情滿於山，觀海則意溢於海」，可謂最能描述我們在香港行山十多年之經驗和感受。香港乃國際金融及貿易中心，城市建築宏偉壯麗，樓閣金碧，峻宇林立，繁華而有序，聞名於世，固其宜也。但香港亦有綠水青山，幽泉野徑，煙村雲樹，花發鳥鳴，更有滄海無垠，波濤萬頃，浩浩瀚瀚，吐納萬境，卻未必廣為外人所知。我們一幫深愛中國文化的朋友結伴行山，自二〇〇三年以來，幾乎走遍香江及離島各處，不僅鍾愛這一片江山之美，或清幽雅麗，野趣盎然，或蒼茫壯闊，動人心幡，而且心有所感而不得不發為歌詩，於是有此《香江行山雅詠》之作，以文字描繪香江群山大海之美。

余素喜古典詩詞，吾友宏生更深研古典文學，於是我們選定昔人佳詠，在行山時與同行諸友共賞。於是每次登山臨海，不僅強我肌膚，健我體格，更在精神上與文化傳統相融合，在吟誦古人山水詩名篇佳構時，與昔人相通，此非孟子所謂「尚友」者歟？不過我們畢竟與古人異代不同時，古人所作，亦未必能盡吐我胸中所感，於是我們每次行山之後，必有吟詠，盡抒當日當時所思所感，又必以傳統形式表述，務求符合古典詩詞格律。香港中文大學張健教授亦偶有參與，三人唱和，更增樂趣。

自詩三百以來，中國詩歌有近三千年之歷史，傳統之悠久豐富，世罕其匹。遠古三百篇多為四言，漢代始有五七言，至唐則律絕成體，並新起詞為一格，經兩宋而臻至。明清以至近代，無論如前後七子之提倡復古，或如公安性靈之抒發性情，更有近代黃公度之籲「詩界革命」，主張「我手寫我口」，要之在求新求變，然而雖儀態萬殊，卻終歸一體，即舊體詩詞之格律未變。不過自胡適《嘗試集》以來，近代早已以白話取代文言，新詩亦取代舊體。

在現代寫舊體詩詞，則須在傳統的形式中，表現當代的思想感情，語言格律必合於古，而詩詞所吟詠者，則為我們行山之所見、所思、所感，有切身之體驗和當下的意識。舊體詩詞有深厚的傳統，除古風之外，律絕和詞均有固定格式，而如何在格律的規定中自由抒發，則是寫舊體詩詞的挑戰，亦是寫詩填詞的樂趣。舊體詩詞之平仄格律，本於中國語言聲調之抑揚頓挫，亦即中國語言本身之音樂性，所以始於六朝而成熟於唐之格律，千百年來一直成為傳統詩詞之基本形式。舊體詩詞於是自有其韻味，不妨與新詩並存，而在作者自己，其意更在描繪山川勝景，吟詠性情，自抒胸臆，自得其樂，本不在規唐摹宋，或標新立異。尤其是山水詩，所寫皆來自眼前所見之景，取自然實感者多，取古典傳統者少，但詩詞格律本身又使任何新作都成為傳統詩詞，與古人之作形成一種自然的聯繫。

這些行山詩詞皆寫香江美景，同一地方往往在不同時段反覆造訪，而非

只一時一景。這在歷代詩詞中，似乎很少先例。我們行山小組除香港本地學者之外，也常有到香港各大學訪問之內地、臺灣和海外學者，凡參加我們行山者，無一不艷羨香江山川之美，更與我們共賞古典詩詞，感受傳統與現代相綿延之中國文化。因參加者來自各地，我們還以不同地方方言誦讀古人山水詩詞，計有中國北方各地方言、粵語、閩南語、吳方言、四川話，甚至有蒙古語、韓語等讀法，使古人吟詠山水之作不僅有文有情，更有不同之聲調音響，感人愈深。眾友都認識到香港不僅只是高樓大廈，車水馬龍，無盡的繁華，還有山花野草，曲徑幽谷，村舍田疇，溪泉喬木，所以我們之攀援山行，不只於登高放眼，也更是浸淫於鑑賞傳統詩詞的文化之旅。自辛卯春起始登臨香江山水，迄今已過十年，集詩一百餘首，亦久有付梓之意。余四十多年前曾任教北大，與王強君有師生之誼。王君知我有香江行山之詩，極力

推動出版並出資相助，無任感懷。此書之出版獲香港藝術發展局資助，亦在此特為標示鳴謝。我等行山之初，多由鄭培凱教授策劃，今詩集既成，復請培凱題寫書名，又有香港本地畫家廖永雄先生插圖，更增風韻。今編定歷年來所作，都為一集，命為《香江行山雅詠》，並簡述其撰著之來由，是為序。

二〇二二年五月十五日

二〇一一年

二〇一一年二月13日，天氣清冷，眾人不畏小雨，到東涌集合，乘11號巴士至石壁水塘行山。一路霧氣迷朦，雨聲淅瀝，別有風味。宏生發給大家宋人翁卷詩一首，野望詩曰：一天秋色冷晴灣，無數峰巒遠近間。閑上山來看野水，忽於水底見青山。最後經羅箕灣，水口村乘1號巴士至梅窩士耳其餐館午餐。宏生有"意思"多義之笑話，信剛更有打油詩兩首，只見大家心情愉快，十分舒暢。

	行山	午餐	總評
張宏生	★★★★½	★★★★	★★★★½
顏素琪	★★★★	★★★★	★★★★½
殷金平	★★★★½	★★★★	★★★★½
孫皓芬	★★★★½	★★★★	★★★★½
殷牧云	★★★★	★★★★½	★★★★½

二〇一一年二月六日，天清氣朗，選擇山頂行山，早上八點五十五分從中環交易廣場乘15號巴士至太平山頂，行山愉快，由山頂再至中環，在Le Fauchon午餐。隆溪今日早上由巴黎返香港，七點十五分到達，然後乘機場快線至中環，再乘的士回家，立即換裝參加行山，真是非常舒暢。

	行山	午餐	总评
Caroline Z	★★★★★	★★★★½	★★★★★
孫皓芬	★★★★★	★★★★★	★★★★★
周敏民	★★★★	★★★★	★★★★★
唐蔚林	★★★★	★★★★½	★★★★★
殷金平	★★★★½	★★★★½	★★★★★
張信剛	★★★★½	★★★½	★★★★½
張隆溪	★★★★½	★★★½	★★★★

山頂行山 / 張宏生（五月二十日）

日前行於山頂，隆溪云：此季將告結束，我輩每誦古人之詩，亦不妨自為之。今日稍有餘暇，乃口占一首，其中每句均有上次路途之情境，雖不能言其萬一，亦可略為助興，以增各位清致。

香江山頂道，五月半晴陰。遠近鳴黃鳥，高低見碧岑。
奇花爭入眼，朗詠漫盈襟。又得中環趣，清歌石廈深。

〈山頂行山〉

香江行山雜詠／張隆溪（五月二十日）

諸位朋友：

宏生應我之請，賦詩一首，以誌我等行山雅興，深得我心。余亦勢必響應，作七律一首獻芹，請諸君指教。

隆溪

南國隆冬暖似春，群山大海此登臨。

碧波入眼胸襟闊，翠巘賞心意氣伸。

佳木濃蔭聞鳥語，奇葩秀色絕游塵。

香江何必皆樓宇，野徑荒郊亦足珍。

2011年五月15日，今日氣溫不太高，但濕度頗高。我們從中環交易廣場乘15號巴士至山頂。與上周之晴朗完全不同，今日霧氣迷朦，山中景色若隱若現，另有一番風味。繞山頂一週之後，沿老山頂道至香港動植物公園，看見幾種珍禽異獸，甚是有趣。今日行山所讀詩為杜甫絕句：兩個黃鸝鳴翠柳，一行白鷺上青天。窗含西嶺千秋雪，門泊東吳萬里船。

沿舊山頂道下至花園，再至香港天主教聖母無原罪主教座堂，然後到伊里近街 Elgin Street，至 Café de Paris 午餐。

	行山	午餐	滿意度
李金鐘	★★★★	★★★★	★★★★
彭嘉洪	★★★★	★★★★	★★★★
周敏民	★★★★	★★★★	★★★★
唐裕林	★★★★★	★★★★	★★★★★
鍾玲玲 [illegible]	★★★★	★★★★	★★★★

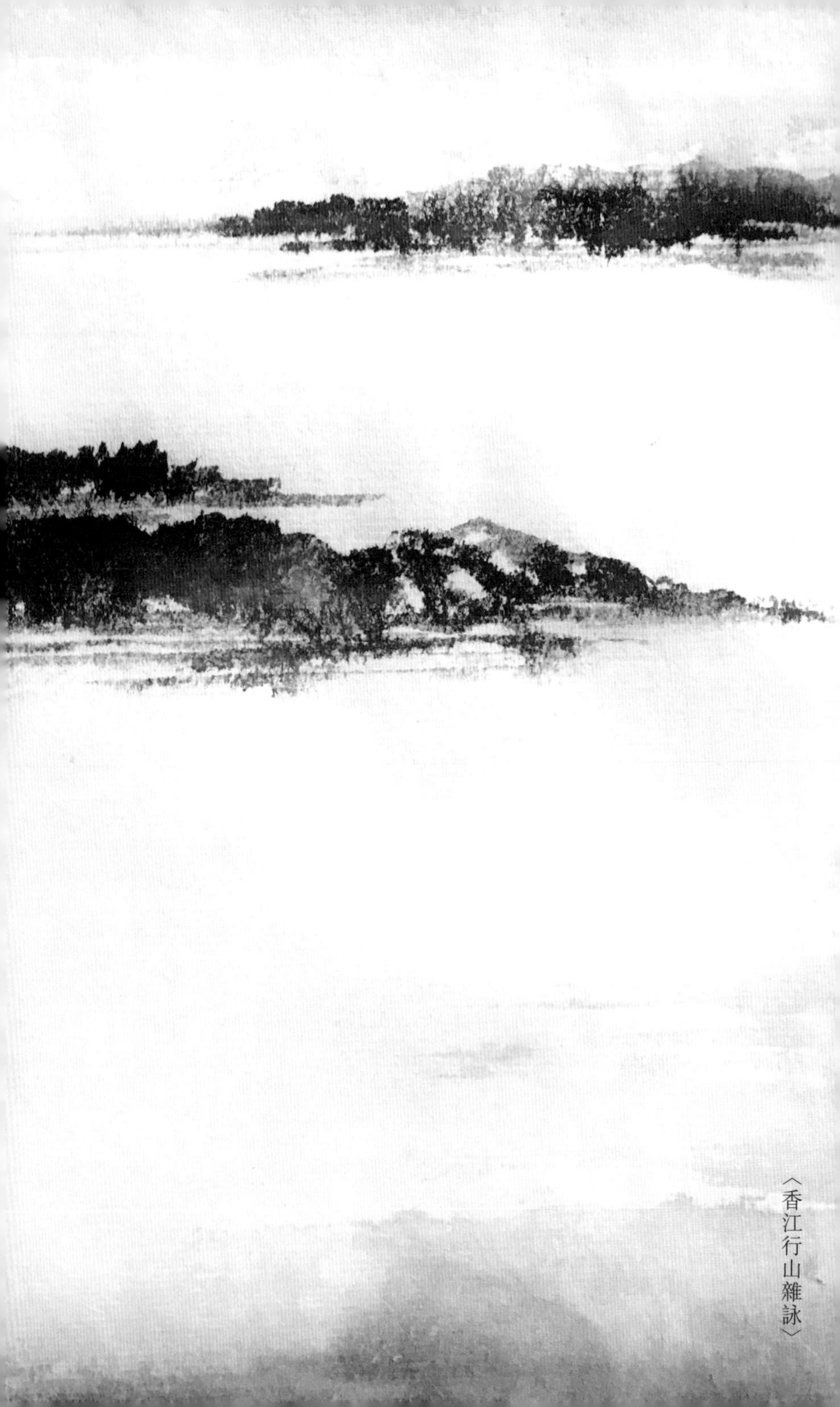

〈香江行山雜詠〉

贈友人／張宏生（五月二十二日）

行山途中，適逢大雨，別有韻味，印象深刻。敏民云：不可無詩；隆溪云：正應有詩。倉促之間，尚無與之相應者，然返程乘坐地鐵時，轉念之間，竟吟出另外一首，和行山似有關，似無關，寄奉各位，以誌今日相聚之意興。

一路薔薇滿眼春，詩心浩蕩詠熙民。
嘉音萬里邀金馬，瑞氣千重映玉璿。
川聚清溪成遠志，人求宏道得寬仁。
天開妙悟端從我，指點江山信有神。

雨中行港島徑／張隆溪（五月二十二日）

今日雖然風雨交加，我們行山卻格外愉快。我和宏生上週作詩吟詠我等行山雅興，覺意猶未盡，回家後又得詩一首，以記雨中行港島徑之樂。現呈與諸友，望大家指教。

天公欲試攀援意，竟送輕雷伴我行。
遠樹含煙隱復現，山花著雨仰還傾。
飛泉擊石龍蛇動，野徑通幽近午晴。
最愛友朋涼亭下，笑聽淅瀝似秋聲。

湖湘雜詩三首／張隆溪（八月十四日）

辛卯七月（二〇一一年八月），洪新邀余及一凡、葉揚至湖南師範大學講學並遊覽湖湘名勝。數日中得詩三首，以誌交遊之樂耳。

張隆溪

寄贈諸友

舊友相逢在此鄉，瀟瀟夜雨喜新涼。
楚天寥廓張文脈，嶽麓清幽論典章。
南國諸生多好學，湖湘庠序滿書香。
嫩桃弱李纖纖苗，可望來年樹百行。

訪左宗棠故居

八月十日訪左宗棠故居，大雨滂沱，終以一當地人引導，方得到訪。

左帥之居僻處尋，煙籠霧罩似迷津。
跳珠白雨羅屏障，種玉青田絕世塵。
曾取南疆千里外，退居湘上一農人。[1]
平生戎馬淩雲志，化作年年柳色新。

1 曾取南疆數句：左宗棠曾擊敗俄人，收復伊犁，威震新疆。後歸居湘陰，號湘上農人，宅號為柳莊。

訪曾國藩故居

侯府荷鄉今尚在，堂前一片草如茵。
藏書萬卷經綸手，戎馬千回社稷臣。
權重位高思免禍，樂貧慎佚誡兒親。[1]
滄桑世變何須嘆，自是湖湘第一人。

1 權重位高數句：《曾國藩全書》卷一「禍福相依，且須謹慎」條云：「處茲亂世，凡高位、大名、重權，三者皆在憂危之中。吾兄弟高爵顯官，為天下第一指目之家，總須處處檢點，不求獲福，但求免禍。」卷四《家書》與曾紀澤書云：「陳岱雲姻伯之子號杏生者……比爾僅長一歲，以其無父無母，家漸清貧，遂爾勤苦好學，少年成名。爾幸托祖父餘蔭，衣食豐適，寬然無慮，遂爾酣拳佚樂，不復以讀書立身為事。古人云勞則善心生，佚則淫心生，孟子云生於憂患，死於安樂，吾慮爾之過於佚也。」

大浪灣／張宏生（十月二日）

大浪灣之行山，即目所見，非常別致，西貢返途巴士上，乃口占五律一首，為諸位助興。末句「新顏」云云，也是紀實。

又到行山季，重來大浪灣。
山幽峰窈窕，雨細海回環。
風勁凋青果，波平戲白鷴。
高帆過遠樹，談笑有新顏。

和宏生大浪灣詩／張隆溪（十月二日）

細雨清風開此季[1]，海天如合[2]見輕帆。
黃牛讓道如君子，白鷺淩波似半仙。[3]
大浪灣頭翻雪浪，山田道上看青田。
吟詩談笑多雅趣，應是今年勝去年。

1 我等雖於上週六（九月廿四日）登紫籮蘭徑，但今日乃正式開始今秋行山之季，故曰「開此季」也。

2 「海天如合」乃用今日所頌南齊范雲《之零陵郡次新亭》詩句意：「江天自如合，煙樹還相似。」范詩末句云：「滄流未可源，高帆去何已？」今日大浪灣上則見輕帆數點，乘風而動，實為香港海灣一景。

3 「黃牛」「白鷺」皆今日行山所見。行至中途，有黃牛當道。經培凱善言相告，終讓我等安然通過，真有君子之風也。

石壁水塘行山／張宏生（十月二十四日）

遊石壁水塘，途中經過竹林，想起隆溪戛金碎玉之說，乃有末句。遙寄里斯本。

一路綠蔭煙靄清，蘿箕水口賞新晴。
海山飄渺兩三點，潮汐去來千百泓。
蜢跳蜂隨如有意，鳥啼蟬噪豈無情。
遙知萬里相思處，歐土也聞戛竹聲。

答宏生詩／張隆溪（十月二十四日）

諸友在港行山石壁，余則遠遊葡京里斯本，兩處相隔豈止萬里之遙，然心若有靈犀，戚然相通也。成詩一首，望諸友指教。

香江十月猶炎夏，歐陸清涼早入秋。
黃葉金風哀碧草，胭脂夕照抹紅樓。[1]
求知何懼行千里，論學豈辭越五洲。
幸得電郵風馳便，飛鴻憑此報無憂。

1 金風黃葉乃近日在里昂所見，夕照紅樓則為實景，因我在葡京所住旅館為 Hotel Alif，近旁為一環形鬥牛場（Praça de Touros do Campo Pequeno），四面牆壁皆為紅色，在夕照中有如血色殷殷，頗為壯觀。

元荃古道行山／張宏生（十月三十日）

元荃古道行山，滿樹紅果，不知其名，姑稱之為紅豆，與所謂「紫蓮」，皆即目所見。德國友人，頗艱於行，我輩中人，有以手杖相助者，信剛校長等又相攜扶持，終於成功走完全程，皆大歡喜；而原先之山徑上，正在鋪設石頭，憶及往日，常有野牛當道，今卻蹤影全無。葉揚兄有言，倘一念貫注，則苦樂皆可去之，此語頗堪玩味，因有第七句。第八句則檃栝嘉琪之言。奉呈同行諸友人，並遙奉隆溪。

元荃古道欲山行，綿亙峰巒相送迎。
紅豆當頭爭爛漫，紫蓮擎蓋共欹傾。
杖藜小試人皆喜，石徑新翻牛亦驚。
苦累熟參從一念，也無峰谷也無平。

我等雖於上週六（九月廿四日）登紫羅蘭徑，但今日乃正式開始今秋行山之季，故曰"開山季"也。
"海天如合"乃用今日所憶南齊范雲《之零陵郡次新亭》詩句意。"江天自如合，煙樹還相似。"范詩末句云："滄流未可源，高帆去何已？"今日大浪灣上則見輕帆數點，乘風而動，實為香港海灣一景。
"黃牛""白鷺"皆今日行山所見。行至中途，有黃牛當道。經培凱善言相告，終讓我等安然通過，真有君子之風也。
宏生詩成於返家途中，未及寫入培凱所帶行山誌，故宏生詩及吾和詩補記於此。又錄范雲詩如次：

江干遠樹浮，天末孤煙起。江天如自合，煙樹還相似。滄流未可源，高帆去何已？

2011年10月3日 張隆溪記

2011年10月9日（星期日）是什么天？原來是个行山天。是日也，秋高氣爽，雲淡風清，吾等九人行走於龍脊之上，山海之间。午餐於石澳之中泰餐室。吃飽之後，沒事可幹，乃舞文弄墨，大家命我執筆。我抓起禿筆，文思梗塞，乃擲筆嘆曰："这文人雅士，曲水流觴的趣事，只能讓古人專美，咱们現代人还是省省，謅几句"打油詩"算了。"

無意翻到前几页，拜读到隆溪、宏两位的唱合，又頓覺慚愧。人家也姓張，咱这姓張咋地这等沒志氣呢？是以，"文章千古事"是放棄不得的，我只好"不薄今人愛古人"了！
注：行山小憩间，加州来此的葉揚教授向大家

歐遊雜詠三首 / 張隆溪（十一月二日）

近數週在里昂講學，上週則至里斯本，兩地所見風物各具特色，均有可觀。今得詩數首，皆直抒胸臆，不究工整，呈諸友一笑。

張隆溪

遊里昂聖母院

里昂聖母院（Basilique Notre Dame de Fourvière）建於山頂，俯瞰全城，融合古羅馬與拜占庭式建築風格，頗具特色。其「聖馬可童聲唱詩班」（Les Petits Chanteurs de Saint-Marc）自 2004 年電影《合唱團》（*Les Choristes*）出，聲名鵲起，曾至香港及歐美各國巡迴演出。

古寺巍峨平地起，塔高直欲上蒼穹。

神恩飄渺沉香暗，聖跡依稀畫壁空。

無意闡微思教理，唯觀精巧奪天工。
歸途回首山阿上，鐘磬聲洪暮色中。

詠里斯本

二百多年前（西元1775年），里斯本曾遭大地震，全城坍塌毀壞。此於啟蒙時代之思想及科技，均有極大影響。伏爾泰於里斯本大地震後一年，發表《詠里斯本劫難詩》（*Poème sur le désastre de Lisbonne*）叩問天意，反對世間一切乃上帝合理安排之樂觀主義，並作小說《戇第得》（*Candide*），表現其懷疑宗教之思想。遊里斯本，見今日之繁華，思往昔之災害，不禁感慨系之。

二百年前動地哀，城池一夜盡隳頹。
伏翁呼號疑天意，慷慨唏噓嘆世災。

劫後高樓升斷壁，燼餘彩鳳出寒灰。
如今杯酒華燈下，但見群鷗近客來。

羅西奧廣場

里斯本羅西奧廣場（Praça do Rossio）有彼得四世紀念碑及噴泉，地面以黑白相間之碎石，鑲嵌鋪設為波浪形圖紋，步行其上如處洪濤巨浪之中，遊人無不讚歎。

紫泉飛瀑泄明珠，旖旎風光勝畫圖。
誰引煙波平地起，客來快意浪中梟。
藝爭造化窺天巧，技奪神工越眾殊。
於此思親當再訪，最憐秋色滿葡都。

榕樹灣至海下行山／張宏生（十一月六日）

榕樹灣至海下行山，眾人時有妙語。沿途溪中，多有游魚，近白沙澳，見一花園，花果繁盛，似欲喧鬧。誦唐人宋之問詩，有「山鳥自呼名」句，順便借用，也是寫實。一漁夫持竿，在齊腰海中，不斷擊打水面，眾皆指點，不知何意。同行有曾杰者，來自杭州崑劇院，以中原音韻誦詩，眾皆激賞，與葉揚兄桐城調之吟誦，堪稱雙美。

白沙海下任攀援，高論清言盡璐璠。
溪畔游魚清可數，園中野果紅欲喧。
呼名林鳥飛晴宇，擊水漁夫動碧痕。
佳客崑腔真曼妙，唐詩舊韻唱中原。

寄在港諸友二首 / 張隆溪（十一月六日）

二〇一一年秋至法國里昂講學六週，學生來自十多國，以歐洲及南美居多，亦有北美、北非、南非、中國及土耳其等。雖語言風俗各異，然同窗共讀，相處和睦。里昂近郊多園圃，培植葡萄，十一月初葡萄正熟，不日內 Beaujolais 新酒即將上市，為此地一大盛事。

其一

竟來異域擁皋比，堂下諸生碧眼多。
舉止言談俱各異，賞文析義總相和。
今朝團聚同歡笑，明日殊途逐逝波。
忽見葡萄棚架下，萬顆熟透遍藤蘿。

里昂素以法國美食之都著名。上週五午餐，至培訓旅遊餐飲專業之 Vatel 學校實驗餐館（Restaurant d' Application de Vatel），確實名不虛傳。乃思香港亦為美食之都，我等每次行山，必以美饌佳餚終。余雖在里昂，亦念與諸友行山之樂也。

其二

此地素聞廚藝湛，珍饈盛饌盡於斯。
羹臠味美知難比，乳品飄香讚乏辭。
賓客笑談風度雅，春紅色釃酒盈卮。
朵頤亦以香江快，寄語諸君信未遲。

雨中行山，步隆溪韻 / 張宏生（十一月八日）

月前隆溪有雨中行山詩，余擬步韻和之，當時僅成二句，今又逢雨天，於是續成全篇，以歡迎隆溪返港。

高情偏得天公試，山雨飄瀟自在行。
落葉隨風爭跌宕，雜花依樹半欹傾。
千條溪澗添新漲，一抹海天見嫩晴。
水漫路橋興不已，回眸更賞碧濤聲。

贈鍾玲兼呈行山諸友／張隆溪（十一月十三日）

今日行山，先自華景山莊鍾玲寓所飲茶，然後沿山拾級而上。至山頂入迷途而未遠，得一幽人指點而還。其人翩然離去，且行且歌，野趣盎然。葉揚以舊韻吟王維《山中》詩，餘味無窮，信剛校長亦以地道山東音朗讀此詩，鏗鏘豪放。惜乎宏生不在港，金銓、嘉琪亦以丁憂而未加入，俱望能速返歸隊，共享行山之樂也。成詩一首，奉予鍾玲及諸友哂正。

隆溪

主人待客煎春茗，滿室飄香笑語盈。
華景山莊觀字畫，石梨野徑賞秋英。
鄉人指點知迷路，一曲清歌送我行。
碧水潭深波細密，悠然回首數峰青。

讀隆溪詩，步韻遙和 / 張宏生（十一月十三日）

拜讀隆溪行山大作，心馳神往，憶及數月前，亦有此行，因奉和如次。五、六句因原作旁注而得。

暑前猶記品新茗，瓜果應時客喜盈。
綠藻幽娟添逸韻，藍田溫潤溢華英。
遙知竹杖無歧路，卻倩幽人指點行。
皖調魯音皆雅趣，迢迢山色入簾青。

雨後東涌遊歌 / 張隆溪（十一月二十日）

昨日乃週六，非同平時之週日行山，只有六人參加。我等自號「精鋭」，由東涌沿富東邨經沙螺灣至大澳。經前幾日大雨，昨日猶陰涼潮潤，霧氣蒸騰，一路行來，景色怡人。因宏生未來，我於忙中未準備吟誦之詩，葉揚君即興朗誦英詩人 Houseman 詠櫻花之詩及周煦良先生中譯，又在山道中吟陶淵明《歸去來辭》，眾人稱妙。因作歌記之。

張隆溪

精鋭六人東涌行，富東邨路多紫荊。
侯王古廟風俗異，山徑臨海聞濤聲。
鄉野無人空翠濕[1]，薄霧迷濛煙靄青[2]。
藤蔓勾留枝葉茂，草木經雨盡怒生[3]。

海天一色漫無涯，異果奇花不知名。
葉君高誦英詩妙，更吟歸去想淵明[4]。
古道盡處漁村現，懸樓水上各縱橫。
此景他日可追憶，但悟詩味與物情。

1「空翠濕」：王維《山中》有句云：「山路原無雨，空翠濕人衣。」
2「煙靄青」：王維《終南山》詩有句云：「白雲回望合，青靄入看無。」
3「草木怒生」：《莊子・外物》：「春雨日時，草木怒生」。
4「想淵明」：辛棄疾《賀新郎》詞：「一樽搔首東窗裏，想淵明《停雲》詩就，此時風味。」

貝璐道至山頂行山／張宏生（十一月二十七日）

自貝璐道至山頂，如嘉琪所云，不甚辛苦，但賞心悅目，一如往日，尤其萬里無雲、夾道綠蔭、澗中泉響，令人印象深刻。猶憶五月間，循此道而行，忽遇大雨，山水猛漲，路橋盡沒，不願涉險，乃原路返回。然此橋究竟位於何處，嘉琪、敏民，已有歧見，可見歷史書寫之不易，亦堪笑樂。所誦之詩乃唐人劉長卿《喜鮑禪師自龍山至》：「故居何日下，春草欲芊芊。猶對山中月，誰聽石上泉。猿聲知後夜，花發見流年。杖錫閒來往，無心到處禪。」眾人對末句皆有契於心，乃有最後一聯。謹奉行山諸友人，並遙奉隆溪。

山從貝璐小嶇嶔，夾道叢叢盡翠陰。
遠近晴嵐傳鳥哢，高低林壑認泉音。
此時笑語堪追憶，往日溪橋竟費尋。
吟得長卿新警句，紛紛眾口說無心。

遊南翔古猗園 / 張隆溪（十一月二十七日）

南翔在上海西北郊嘉定區，有古猗園。此園始建於明嘉靖年間，遍植修竹，取《詩・淇奥》「綠竹猗猗」句，名猗園。乾隆十一年（1746）擴建，改名古猗園。秋日訪此園，松竹之外，更有叢菊盛開，疏林霜葉，落英繽紛，園林之美，與蘇杭爭峰可也。

疏林秋色秀，怪石映平湖。叢菊清園麗，修篁隱路迂。

氣寒霜葉醉，風勁斷荷枯。白鶴歸飛久[1]，悠然念我廬。

1 白鶴句：宋龔明之《中吳紀聞》卷三云：「昆山縣臨江鄉有南翔寺。初，寺基出片石，方經丈余，常有二鶴飛集其上，人皆以為異。有僧號齊法師者，謂此地可立珈藍，即鳩材募眾，不日而成，因聚其徒居焉。二鶴之飛，或自東來，必有東人施其財；自西來，則施者亦自西至。其他皆隨方而應，無一不驗。久之，鶴去不返。僧號泣甚切，忽於石上得一詩云：『白鶴南翔去不歸，惟留真蹟在名基。可憐後代空王子，不絕薰修享二時。』因名其寺曰南翔。」此石現存古猗園中。

馬鞍山遊／張隆溪（十二月五日）

昨日由馬鞍山村經茅坪新村行至西貢，天清氣朗，群山大海，映帶左右。至高處俯視，西貢一帶諸島，盡收眼底，如數點煙波，浮於海面。如此美景，不能不有詩詠之。

隆溪

輕車又至馬鞍山，信步初冬幸得閒。
林翠風清揮白羽[1]，晴薰日暖照平灣。
寒煙諸島浮瀛海，曉霧群峰露笑顏。
造化香江多秀美，及時相約共登攀。

1 白羽：謂綠蔭之下，白茅銀穗，如鳥羽翩然。

臨江仙・馬鞍山行山 / 張宏生（十二月五日）

行於馬鞍山，景致甚為奇特，形諸文字，頗為不易。隆溪先有一詩，寫得情趣盎然，余亦勉力追隨其後，試以長短句紀之。

煙景聯翩爭入眼，野雲瓊島澄瀾。
參差船影白沙灣。葦蒲舒亙處，窈窕變青鬟。
聳背黑牯如老友，街旁依舊悠閒。
鶯簧弄巧作綿蠻。紅黃兼碧綠，冬韻各斑斕。

遊新娘潭／張隆溪（十二月十一日）

冷泉飛瀑入深潭，空有香魂[1]竟誰憐？
草碧影虛空靜寂，山清玉冽水潺湲。
嶙峋怪石橫幽徑，瀲灩煙波黯九淵。
詩意亡逋追[2]寧急，此間風景教流連。

1 空有香魂：新娘潭之得名，乃有一冷艷故事。據云昔有四轎夫抬一花轎，由烏蛟騰行欲至鹿頸，途中經過此處，因雨濕路滑，一轎夫跌倒，引致新娘連同花轎一併墜落瀑布下之水潭溺斃。此潭因而得名「新娘潭」。新娘潭時有鬧鬼傳說，而近旁之照鏡潭，亦因傳説死去新娘在該潭照鏡而得名。

2 追亡逋：東坡《臘日遊孤山訪惠勤惠思二僧》有句云：「作詩火急追亡逋，清景一失後難摹。」

2011年12月11日由嘉琪領導，由大埔站乘275R巴士至新娘潭終點站，先至新娘潭及照鏡潭，瀑布飛瀉而下，眾人沿新娘潭路及八仙嶺往至大美督泰國餐館午餐，今天氣溫低、濕度低，又陽光和煦，一路行來心情愉快。

	行山	午餐	總評
唐葆林	★★★★★	★★★★	★★★★★
顏嘉琪	★★★★½	★★★★	★★★★½
李金鏗	★★★★½	★★★★	★★★★½
周毅民	★★★★	★★★★	★★★★
張宏生	★★★★½	★★★½	★★★★½
梁励敏	★★★★★	★★★★½	★★★★★
錢??	★★★★½	~~★★★★~~ ★★★★½	★★★★½
Nari	★★★★	★★★★	★★★★
郭???瑞	★★★★	★★★★	★★★★
張隆漢	★★★★½	★★★★	★★★★½

今日行山由宏生選王維《登裴秀才迪小臺》詩：

端居不出戶　滿目望雲山
落日鳥邊下　秋原人外閒
遙知遠林際　不見此簷間
好客多乘月　應門莫上關

返家後成七律一首，錄如下：

遊新娘潭［張隆漢］

冷泉飛瀑入深潭　空有香魂竟誰憐
草碧影虛聲寂寂　山清玉壘水潺潺
崎嶇怪石攀幽徑　瀲灩煙波泛海灣
詩意~~[illegible]~~亡道追寧急　此間風景教流連

行香子・八仙嶺自然徑行山／張宏生（十二月十二日）

余近年研治詞學，每涉《行香子》一調。此調上下闋末三句巧作排列，有其特點。八仙嶺自然徑一路，可作散點透視，頗為有趣，因此試筆。

飛瀑澄潭，照鏡霓裳。正仲冬、節候初涼。
群山叢碧，遠水微茫。有數竿竹，幾樹花，滿襟芳。
杖藜勝馬，啼鶯隨陽。相追呼、又過高岡。
翩翩蜂蝶，裊裊蘆芒。更林蔭密，石徑斜，醇醪香。

與諸友遊長洲有感／張隆溪（十二月二十一日）

輕舟飛渡長洲島，一路濤聲拍岸喧。
層浪流光銀甲躍，危岩幽壑玉龍蟠。
煙波萬頃承炎日，巨石千年應碧瀾。
莫嘆人生倏短盡[1]，山川物我[2]兩相看[3]。

1 人生倏短：王右軍《蘭亭集序》：「況倏短隨化，終期於盡。」此蒼涼悲觀之慨。
2 山川物我：蘇軾《前赤壁賦》：「自其不變者而觀之，則物與我皆無盡也，而又何羨乎。」此曠達樂觀之言。
3 兩相看：李白《獨坐敬亭山》：「相看兩不厭，只有敬亭山。」

臨江仙・長洲臨海觀石／張宏生（十二月二十一日）

飛石何年從碧落，去來潮汐滂洋。
插天依舊映帆檣。斑然千百孔，夭矯遍華章。
犖确叢巖波一線，幽微敢斷乾綱。
宋皇玉輦待評量。臨流多壯闊，浩蕩總無疆。[1]

臨別口號送葉揚兄返美／張宏生（十二月二十一日）

萬象萬端親瀚海，十全十美探香江。
遙知他日關情處，詩韻無邊繞碧窗。[2]

1 長洲海邊觀石，形象奇特，堪稱鬼斧神工。末句係隱栝信剛校長壯語。
2 葉揚兄訪港，一起行山，眾皆謂十全十美，不僅相與念詩，又得欣賞其吟誦之藝，故末句及之。

2011-12-25.

Christmas Day of 2011

So hello. This day shows our undying dedication for hiking - we spent Christmas morning on a bus, heading up to Victoria Peak, yawning and grumbling in our (or mostly my) 9am sleepiness. We took a nice walk around the hill on the Peak trail; the weather was nice and chilly, reminding us of the winter and Santa with his elves. We descended via the Pok Fu Lam Country Park trail, and took a bus to the Sun Yat Sen Memorial Park which we strolled through on our way to lunch - a feast of dim sum and roasted goose in the 好彩 seafood Restaurant. Sitting here, comfortably full, I feel that our unconventional Christmas morning was well spent. Looking forward now to receiving my Christmas presents!

	hiking	lunch	overall impression
Tonjin	****	xxxxx	xxxxx
Sofia	*****	*****	*****
Charles-Albin	xxx	xxxx	xxxxx
Lena	xxx	xxxx	xxxx

ChungLing	★★★½	★★★★	★★★★
Weilin	★★★½	★★★★	★★★★★
Caroline	★★★★	★★★★	★★★★★
ZhangLongxi	★★★★	★★★★	★★★★

你好宁波东钱湖…
Hello, Ningbo DongQian-Lake

作者：陈弋航
Author Chen Yihang

沙山雨下
Sha Shan under Rain

二〇一二年

遊城門河道／張隆溪（一月十五日）

信步城河道，悠悠碧水流。
煙霞生遠岫，細雨逐輕舟[1]。
野興偕同賞，朋情許共遊[2]。
翩然江渚上，展翅數沙鷗。

1 煙霞二句：王籍《入若耶溪》：「陰霞生遠岫，陽景逐回流。」

2 野興二句：孟浩然《遊鳳林寺西嶺》：「壺酒朋情洽，琴歌野興閒。」

壬辰人日行山／張隆溪（一月三十日）

昨日壬辰初七，為舊俗人日。諸友結伴山行，沿大廟徑至大坳門。初時細雨迷濛，霧氣蒸騰，近午放晴。至布袋澳午餐，有舞獅者為龍年祈福，鑼鼓震耳欲聾，亦漁家迎春風俗，香江一景也。

細雨如煙輕潤物，層林染翠著羅裳。
與君拾級觀山碧，結伴優遊看海滄。
獅舞鳴鑼天地動，龍翔飛甲瑞符祥。
鄉情最切當人日[1]，應是梅花遍草堂。

1 人日句：《北史．魏收傳》注引晉人董勛《答問禮俗說》云：「正月一日為雞，二日為狗，三日為豬，四日為羊，五日為牛，六日為馬，七日為人。」吾鄉成都西郊有杜甫草堂，清人何紹基（1799-1873）曾任四川學政，於咸豐四年（1854）正月初七日訪杜甫草堂，在工部祠前撰有一名聯曰：「錦水春風公占卻，草堂人日我歸來。」春初杜甫草堂臘梅盛開，遊人雲集，於人日尤盛。

釣魚翁行山／張宏生（一月三十日）

隆溪大作特別提到行山之日為人日，更加富有意味。十六人結伴行山，浩浩蕩蕩，洵為一大盛事。「獅舞」句生動，昨日情景，確乎如此。末二句寄託鄉情，也是當行本色。乃步武其後，漫成一首，以助清興。

辰正始新元，平疇綠意繁。
潤酥[1]籠海表，惠暢[2]起林樊。
鷹共長風勁[3]，花隨暖氣暄。
忽聞獅舞點，彩勝[4]待重翻。

1 潤酥：韓愈有詩：天街小雨潤如酥。

2 惠暢：王羲之《蘭亭集序》：「惠風和暢」。

3 鷹共句：昨日確有蒼鷹翺翔山間，然此亦雙關飛機航模，此新事物用舊語言似很難表達，以俟高明。

4 彩勝：古時人日用五色紙或絹剪成飾物，簪於髻上，以示迎春。

經大潭水塘至赤柱遊／張隆溪（二月五日）

二月香江草木春，紅芽初吐喜遊人。
山青氣暖萌尖葉，潭碧風來起細鱗。
林下誦詩懷往古，席間談笑話時新。
島南尤此歐風盛，直是天涯若比鄰。

大潭道行山／張宏生（二月八日）

山行處處踏青莎，二月香江風日和。
嫩蕊吹紅花似葉，翔鱗弄碧影無波。
閩聲漫詠成新韻，絮帽纔聞贊老坡。
最是東方誇足健，高峰遙指又嵯峨。

經赤徑行至高流灣／張隆溪（二月十二日）

野徑穿林一線行，層陰繁茂隱啼鶯。
草深障眼疑無路，枝蔓牽衣若有情。
望遠息心山島靜，登高極目海天平。
輕舟雪浪歸飛渡，且看春潮向晚生。

壬辰初春，行山於北潭凹、高流灣之間，斐然有作／張宏生（二月十三日）

行於北潭凹、高流灣之間，各種美景，目不暇接。乃擇其尤著者，以七絕聯章詠之。

其一

微涼天氣淡煙嵐，收拾心情向北潭。
雲外真容終得識，疾行不讓五花驂。

此條行山路，聞之已久，今日始償夙願。

其二

屈曲音聲破寂寥，叢茅鉤棘漸齊腰。

盈裳晨露渾閒事，高下欹傾總見招。

一路行來，茅草齊腰，多有沾濕裳履者，而每遇高低不平處，則前呼後應，互相招呼，「領導」之關懷尤切。

其三

糾結牽纏老葛藤，瘴鄉近午許濛騰。

炎方土水圖封秘，滇緬悵然記一燈。

行經葛藤牽纏，溪流幽深處，深感南方叢林之神秘，憶及往日滇緬遠征軍翻越野人山事，眾皆感慨。

其四

白蕊園中詫李花，道旁葳蕨有新芽。
更憐山果苞漿潤，留得滿林待晚霞。

沿途所見甚為豐富，李花、蕨菜、各種山果，琳琅滿目。

其五

小憩坡梁荊可班，高低峰谷總連環。
蚺蛇尖畔紅衣客，笑指香江第一山。

走上高坡，枕茅草而小憩，蚺蛇尖近在眼前，眾皆雀躍。紅衣客者，齊東方君也。

其六

坡繞峰環意不殊，千年樵採有通途。
山窮海現忽開眼，讚歎參差共一呼。

山道彎環，路盡處，猛抬頭，大海浩渺，忽在目前，眾人皆讚歎，雖音聲參差，腔調各異，驚喜之情則同。

澳門遊二首 / 張隆溪（二月二十日）

破浪乘風至澳門，遍尋舊宅[1]覆春陰。
泉邊寧靜觀飛鳥，亭上悠揚唱粵音。
牆院紅黃[2]觀遠近，通街黑白感浮沈。
百年心理東西共[3]，世變滄桑話古今。

1 遍尋舊宅：我等訪澳門孫中山故居、盧廉若公園、大三巴等地，皆為舊跡，而澳門新建多為賭場，於我等毫無意趣。

2 牆院紅黃：澳門老城建築具葡京風味，牆壁多塗紅黃兩色，街面鋪以黑白二石，常呈波紋，路人經過，頗有身處浪中之感。

3 百年心理東西共：明清時歐洲傳教士至中國，必初至澳門，因此在中西文化交流史上，此乃特別重要之地。利瑪竇（Matteo Ricci, 1552-1610）明末至中國，開始東西文化之交往，而中國士人往往借宋儒陸九淵之言，以東海西海，心理攸同為口號，為吸取西學開道，形成近代中國學術思潮主流。

其二

昔人學道三巴寺[1]，今日殘餘半壁萋。
雖喜堯封歸故土[2]，卻憂風物隔中西。
唯多豪賭揮金客，不見悲鳴護法雞[3]。
糞土金沙非傲俗，富民唯願普天齊。

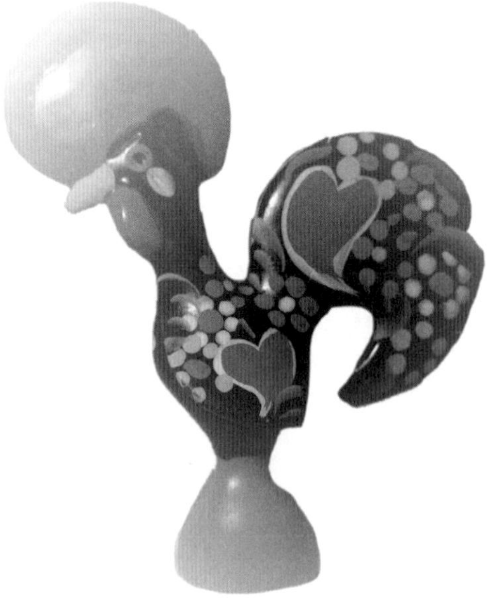

1 昔人謂吳歷（1632-1718），江蘇常熟人，字漁山，號墨井道人，善畫，為清初六大家之一。早年信佛，中年改信天主教，於康熙十九年（1680）至澳門，住三巴寺，後為天主教司鐸。其《嶴中雜詠》第一首有句云：「居客不驚非誤入，遠從學道到三巴。」三巴乃葡萄牙文 Sãn Paulo 音譯，亦稱聖保祿教堂，始建於 1572 年，後遭火焚毀，於 1602 年重建，1637 年竣工。1835 年復毀於大火，僅餘前壁，今為澳門地標。

2 堯封句：據《書．舜典》，堯命舜巡視天下，封十二山。堯封之地，則為中國。明嘉靖末年，葡萄牙人佔據澳門，廣東南海人蒲龍有詩云：「寸天尺地盡堯封，邸借蒲桃許駐蹤。」意謂普天之下，皆為中土，澳門只是暫借與葡人居住經商之用。

3 護法雞：即 Galo de Barcelos，為象徵葡萄牙之雄雞。傳說葡萄牙西北之巴塞洛斯城曾有一富人設宴待客，發現銀餐具被盜。此時適逢有外人經過，有司控以盜竊之罪，欲處以絞刑。此人極言其無辜，並求見法官。法官方欲進食，桌上有烤雞一盤。其人曰：若余受刑，此雞必三鳴為余申冤云。法官未之信，命行刑，而桌上之烤雞果躍之而起，哀鳴三聲。法官知其誤判，即放行。此雞造型紅冠彩羽，數年前常見於澳門各旅遊商店，今則蕩然無存矣。薇林與宏生昨日欲尋此雞，然於澳門藝術博物館禮品店詢問，售貨小姐竟茫然不知所問，使人不禁悵然。十年前，吾全家曾遊澳門，於坊間購有此物，今攝影呈上，供諸友一覽。

千秋歲／張宏生（二月二十二日）

澳門遊盧廉若公園。榕樹翼然，旁有一亭。亭中有歌粵曲者，清雅之氣，撲面而來。因倚聲以紀之。

雕磚甃瓦。庭苑新臺榭。蘭有意，蘿無罅。翩翩來翠鳥，荷盡池如畫。絲竹起，南風何處飄然下。
拂水垂楊舍，飛影高榕架。揚粵調，憑揮灑。騁心隨錦鯉，造化知清雅。凝睇久，世間放曠原無價。

金山猴國行／張隆溪（二月二十六日）

東方兄姓齊，又屬猴，故今日結伴行金山徑，與野猴摩肩擦背而過。而余昨晚進食過量，腸胃欠安，未及午餐即先行而返，思之可笑，乃成詩一首，紀今日之遊並自嘲以解。

大聖號齊天[1]，西遊勝百難。保師求釋典，除怪報平安。
石腦翻鐵扇[2]，迴腸起急瀾。金丹非我願[3]，吾意絕三餐。

1 大聖號齊天：猴王孫悟空號齊天大聖，護佑唐三藏至西天取經，功德無量。東方兄以猴王自況，頗有意趣。

2 石腦翻鐵扇：悟空乃石猴，其IQ畢竟有限，今日竟誤余為敵手，如對付鐵扇公主一般潛入我腹，在腸胃中翻江倒海，好不頑皮。

3 金丹非我願：當年齊天大聖大鬧天宮，盜食西王母蟠桃及李老君所煉金丹，皆虛妄荒誕。吾不信仙丹妙藥，只需禁食一兩餐即可痊癒。

城門水塘／張宏生（二月二十六日）

大塘多意趣，矯健有群猴。弄水懸枝亞，穿林展臂柔。
將飛身耀勢，忽縱影豪遒。怪道喧騰甚，南洲拜領酋。

重遊嘉道理農場 / 張隆溪（三月五日）

二〇〇三年四月，吾友首次結伴至嘉道理農場行山，至今已近九歲矣。昨日又至，林木蒼翠，霧濃雲飛，山花爛漫，鳥囀雞鳴。更有幽蘭馥鬱，牡丹初放，諸友交談愉快，心曠神怡，流連山色之間，真不知老之將至也。今得詩一首詠之，呈諸友雅正。

猗麗山莊又仲春，晨風曉霧動輕塵。
寒煙如織[1]平林翠，蘭葉葳蕤[2]杜若新。
可怪雄雞鳴日午，尤憐火鳥舞湖濱。
來年花發[3]期攜手，共賞嫣紅綴綠茵。

1 寒煙如織：李白《菩薩蠻》：「平林漠漠煙如織，寒山一帶傷心碧。」
2 蘭葉葳蕤：張九齡《感遇》：「蘭葉春葳蕤，桂華秋皎潔。」杜若：屈原《楚辭・九歌・湘君》：「采芳洲兮杜若，將以遺兮下女。」
3 來年花發：白居易《同友人尋澗花》：「記取花發時，期君重攜手。」

卜算子・惜春／張隆溪（三月十八日）

今日宏生誦宋人王觀《卜算子》詞一首，以秋波蛾眉喻山水之美，寄友情之篤，復示惜春之意。麗辭巧思，令人讚嘆。余即以惜春之意步韻和詞一首，呈諸友雅正。

春去又匆匆，惜不常相聚。芳草天涯路已迷[1]，汝去知何處？

暑熱始蟬鳴，聒噪催春去。縱有千絲柳葉長[2]，何得留春住[3]！

1 芳草天涯：蘇軾《點絳唇》：「歸不去，鳳樓何處？芳草迷歸路。」辛棄疾《摸魚兒》：「春且住。見說道天涯芳草無歸路。」

2 千絲柳葉：王實甫《西廂記》：「柳絲長玉驄難繫，恨不得倩疏林挂住斜暉。」

3 附王觀《卜算子・送鮑浩然之浙東》：「水是眼波橫，山是眉峰聚。欲問行人去那邊？眉眼盈盈處。纔始送春歸，又送君歸去。若到江南趕上春，千萬和春住。」

〈卜算子・惜春〉

卜算子／張宏生（三月二十日）

隆溪次宋人王觀韻，不惟惜春，更申以友情之篤。感其意，仍步韵奉和。

週末總韶光，人作闔家聚。南國相逢似有緣，山水清和處。
花發一年新，漫説春將去。幸得香江伴友生，日日春華住。

〈卜算子〉

卜算子・惜春／張健（三月三十一日）

隆溪、宏生二公追和王觀卜算子，原詞固佳，和作亦美，今敢附驥尾。珠玉在前，自覺形穢，姑示步武之意云耳。

最是多情時，風雨難相聚。一片殘紅落夢中，多少傷心處。

半樹梅先來，點點梨花去。唯有依依楊柳枝，絲絲留春住。

〈卜算子・惜春〉

行馬鞍山過大金鐘嶺有感／張隆溪（三月二十六日）

巍峨削壁似雕鞍，旦暮金鐘與對看。
絕頂群峰觀海闊，崎嶇谿路繞龍蟠。
近林斑駁憐春色，遠島迷濛夢翠巒。
數鳥翻飛歸去急，宇間一望野雲寬。

登馬鞍山過大金鐘／張宏生（三月二十七日）

邈邈金鐘道[1]，儼然入碧虛。觀花知日色，夾浪鼓雲裾。
山遠人如蟻，風狂草似梳。流嵐清可掬，嘉賞信從予。

1 注：「大金鐘」旁，茅草之態甚為奇特，隆溪曰：「似被風梳。」但隆溪寫詩，未用此語，於是借來。

遊大浪灣 / 張隆溪（四月二日）

回環秀色西灣徑，客至漁村食豆花。
萬里煙波含遠翠，千層雪浪捲平沙。
神龜入水呼風雨，海若興濤拍峭崖。
美景流連看不盡，歸來未幾日將斜。

大浪灣／張宏生（四月三日）

隆溪大作，能得其趣。以豆花入詩，信是鄉野風情，將山水田園融為一體。「千層雪浪」云云，壯闊。大浪灣之美景，短章難盡，因大篇叙之。

又踏西灣道，郊原好景光。新芽爭嫩綠，翠葉隱嬌黃。
龜向潮頭臥，魚從藻底翔。沬流漾曲曲，波湧浩湯湯。
遠谷添幽秀，平隰襯老蒼。蜥乖姿嫵媚，須蔓意悠揚。
山徑千年樹，溪橋半畝塘。香江處處美，隨意賞春芳。

摸魚兒 / 張健（四月三日）

張公招同諸賢遊山，途間小憩，例誦古作一章，今得稼軒摸魚兒，有感而賦。

夢時節，驀然驚起，凄凄淅瀝風雨。雲山遙望迷濛處，應是舊時樓宇。猶記取，月初起，杜鵑羞對鶯鶯語。曾多少度，恁一片青坪，疏星脈脈，忘記了歸去。

傷心事，點點飛紅無緒。芳華總難留住。池亭岸柳縱相憶，只有身影如許。君莫嘆，看千古，多情在在為情苦。唯情難訴。在燕子橋邊，斜陽去後，默默水東注。

東涌至大澳遊／張隆溪（四月八日）

雨後晴陰應日開，獨憐杖履踐蒼苔。
墨雲流散隨風去，碧浪飛翻拍岸來。
村市魚蝦多舊客，農家花果盡新栽。
如今山色君同賞，他日思之與夢回。

東涌山行至大澳／張健（四月九日）

昨日行山，同遊八人，皆跨海而至，真所謂八仙過海也。尋幽訪勝，話古論今，一行樂甚。歸後，隆溪張公詩先成，蓋用工部登高詩韻，因用其韻和之。

長風碧海何雄哉，縹緲雲山次第開。
半樹花香隨曲徑，三王廟冷入荒苔。
浮樓點點漁人宿，煮蟹家家遊客來。
回首煙波浩淼處，一杯吟罷獨登臺。

石澳龍脊行山／張宏生（十一月十八日）

沿龍脊蜿蜒而行，一路勝景，賞心悅目。隆溪命作，乃草成一首，以作引玉之磚。

遠墅近臺疑有無，雲斜草偃正模糊。
濤飛滄海當風立，人作少年振臂呼。
一坂繁花猶夏韻，兩行雁字憶秋梟。
相偕依舊無窮意，石澳村中賞饌廚。

石澳至大浪灣遊／張隆溪（十一月十八日）

今日行山，天氣清涼，頗有秋意。至龍脊，風勁若舉。再至大浪灣，則洪波峰涌，浪高於往日所見，且多有弄潮兒乘浪沉浮，甚為可觀。宏生已成一首，余亦力成此篇和之。

颯颯西風龍脊勁，怒生叢竹短枝柔。
山光迷離方初午，日色凄清已晚秋。
拍岸洪濤堆快雪，弄潮身手勝浮鷗。
香江風物無窮盡，且喜諸君與共遊。

山頂行山／張宏生（十一月二十五日）

遊太平山。「凌霄」者，山頂有凌霄閣，而榕樹之高亦堪當之。五、六句乃李白、蘇軾詩詞中語。此次行山，甚為有趣，多謝敏民之提議，隆溪之組織，有瑞之電話。

莫道陰霾籠碧巒，亭臺溪澗且盤桓。
凌霄榕幄雲中繞，維港帆篷霧裏看。
影送秋千誇柳絮，髮垂眉額記長干。
山行處處動詩興，幽草閒花盡大觀。

霧中山頂遊／張隆溪（十一月二十六日）

昨本欲取道紫羅蘭徑至赤柱遊，為風雨所阻，臨時改至山頂。霧中看山，茫然無所見，然秋意清冽，煙雨空濛之中，正可神與物遊，又別有一番風味。宏生筆健，先成一首，余亦相隨作詩記之。

不期夜雨入平明，且望山顛放嫩晴。
葉冷煙寒薄霧色，林疏風驟弄濤聲。
層雲舒卷馳心意，曲徑高低覽物情。
拾取落英成彩畫，胸中點染勝丹青。

城門河道至烏溪沙行／張隆溪（十二月三日）

諸位朋友：

昨日沿城門河道，幾無山景，至烏溪沙海濱一帶則野趣盎然，風景秀麗。但此處已為地產商購得，欲起數座高樓，自然風光亦將不長在矣。昨有眾鳥聚於幾株大樹哀鳴，似不欲失其巢穴然。有感賦之。

城門河道通衢直，瀲灩清波縱一葦。
霧重遠山青靄暗，霜寒近水白鷗飛。
巍峨傍海豪樓起，寥落孤村細浪回。
鳥聚烏沙棲剩樹，哀憐不肯化高臺。

石壁至水口行／張隆溪（十二月十日）

諸位朋友，昨日由石壁至水口行山，天清氣朗，景色怡人。今晨寫就五律一首，傳上請諸友指正。

欲與峰巒近，來從石壁遊。
雲高山島遠，風靜翠篁幽。
熠爍千鱗耀，青蔥萬木秋。
登臨清氣朗，極目海東流。

2012年12月16日，由中環交易廣場乘6號巴士至黃泥涌水塘站，從紫羅蘭徑開始行山，至大潭水塘路稍事休息，然後繼續行山穿過疏林野徑至赤柱，在King Ludwig Beerhall午餐。今日黎生領眾人吟頌謝靈運《石壁精舍還湖中作》詩：

昏旦變氣候，山水含清暉。清暉能娛人，遊子憺忘歸。山谷日尚早，入舟陽已微。林壑斂暝色，雲霞收夕霏。芰荷迭映蔚，蒲稗相因依。披拂趨南徑，愉悅偃東扉。慮澹物自輕，意愜理無違。寄言攝生客，試用此道推。

	行山	午餐	滿意度
孫嘉琪	★★★★½	★★★★½	★★★★★
唐蘇林	★★★★★	★★★	★★★★★
張信剛	★★★★½	★★★½	★★★★
[illegible]育瑞	★★★★	★★★½	★★★★
Eli	★★★★★	★★★★★	★★★★★
Omid	★★★★★	★★★★★	★★★★★

2012年12月9日，我等由東涌乘11號巴士至石壁水塘開始行山，今日天清氣朗，一路鳥聲不斷，又有竹林石徑，海闊天空，十分愉快。從水口乘1號巴士至梅窩，在土耳其餐館午餐，然後乘船返回中環。今日頌詩為歐陽文忠公畫眉鳥：

百囀千聲隨意移　山花紅紫樹高低
始知鎖向金籠聽　不及林間自在啼

	行山	午餐	滿意度
張隆溪	★★★★★	★★★★	★★★★★
孫嘉琪	★★★★½	★★★★	★★★★½
Eli	★★★★★	★★★★★	★★★★★
Omid	★★★★★	★★★★★	★★★★★
周敏民	★★★★	★★★★½	★★★★½
[illegible]育瑞	★★★★	★★★★	★★★★
劉[illegible]川	★★★★★	★★★★	★★★★
唐蘇林	★★★★★	★★★★	★★★★★
張信剛	★★★★½	★★★★	★★★★½

紫羅蘭徑至赤柱遊／張隆溪（十二月十六日）

今日由紫羅蘭徑行至大潭郊野公園，山茶盛開，白花滿枝。後沿坡穿林至赤柱，海天一線，豁然開朗。頌謝靈運詩，不僅描畫山川之美，復言養生之道，頗有玄意。然我等謂行山而見天地之美，體物情而愜心意，不必道玄理而與理自合，乃作此詩記之。

冬日香江暖若斯，山茶開遍不知時。
穿林試走羊腸徑，探路倚攀屈爪枝。
眼底欲抒觀海意，花前且讀謝公詩。
登高望遠無窮盡，萬象生機自可期。

赤柱遊／張宏生（十二月十六日）

赤柱遊畢，隆溪才捷，先成一首。山茶不知時，然又何必知時，其中有玄理在，正合謝公之意，所謂萬象生機，宗旨畢現。飯後燈下，余亦草成一首，尤寄意於今日捨巴士而入棘叢之探險。

探險尋幽步作車，崎嶇休說棘叢遮。
分荊高下樓臺遠，照影參差徑道斜。
林密頻疑紅組帶，途窮忽見野人家。
重吟大謝攝生句，用捨等閒盡可誇。

二〇一三年

高流灣／張宏生（元月十三日）

三冬嶺表未云慳，潭北高流有碧灣。
野徑荊繁親葛莽，廢巢枝暖記綿蠻。
船痕暗繞島前島，草色遙連山外山。
欲向蛋家尋往跡，聲聲犬吠動潺湲。

高流灣／張隆溪（元月十四日）

昨日由北潭凹至高流灣，行至山顛，見海灣之中，山島竦峙，景色怡人。宏生先成詩一首，余亦隨其後作此和之。

冬陽照暖透疏林，寒葉蟠枝夾道蔭。
黃犢逍遙迎客臥，白鷗自在對魚沉。
波光水冷千鱗耀，山色煙輕萬木深。
卻念嬌兒西域遠，何時重返共登臨？

遊道風山／張隆溪（元月二十日）

太初有道[1]西來此，革故鼎新[2]信義宗。
博愛路[3]邊憐淺草，感恩亭畔沐清風。
林幽參妙凡塵靜，室暗思玄俗念空。
應是東西瀛海上，世人心理盡攸同[4]。

1 太初有道：《新約・約翰福音》首句云：「太初有道，道與神同在，道即是神」（King James Bible: "In the beginning was the Word, and the Word was with God, and the Word was God."）。

2 革故鼎新：《易・雜卦》：「革，去故也；鼎，取新也。」信義宗，即路德教派（Lutheranism），為發起歐洲宗教改革之新教主流。香港道風山為北歐信義宗傳教士所建。

3 博愛路，感恩亭：道風山有孫中山先生題博愛二字於路首，旁有感恩亭。

4 東西瀛海，心理攸同：錢鍾書《談藝錄》序云：「東海西海，心理攸同；南學北學，道術未裂。」語本宋儒陸九淵《象山語錄》：「宇宙便是吾心，吾心即是宇宙。東海有聖人出焉，此心同也，此理同也。西海有聖人出焉，此心同也，此理同也。」自明末西方傳教士東來，中國士人即常以此語為說，吸取泰西新學。

道風山／張宏生（元月二十日）

遊道風山，隆溪先成一首，於泰西道風，再三致意。感其歷史，述其情懷，亦成一首。

泰西高典欲徂東，嶺外沙田仰道風。
萬木蔚然原有意，一言成了向無窮。
南來韡曄寂寥事，北望烽煙文武攻。
博愛年年添信義，亭前騁望會玄通。

悟園／張宏生（元月二十七日）

尋幽大嶼步當車，隱隱叢林草樹遮。
重閣依山琉瓦麗，長橋照水楯欄斜。
名園有意抽新筍，野徑無人覓落花。
去住行藏誰作主，飄然一悟向天涯。

城門河道／張宏生（二月三日）

城門河道漫步，快意非常。略陳蕪詞，以紀其遊。

風清氣淑步長堤，隔岸潮平吐露西。
白鷺排雲催紫蕊，綠蔭傍海見烏溪。
百年老樹香檀茂，廿里華廊瑞靄低。
立盡榕蘿回望眼，棧橋何處覓封提。

再遊城門河道 ／ 張隆溪（二月三日）

宏生筆健，先成一詠，余亦勉力應之。

悠然又至沙田海，嶺暗雲飛吐露灣。
畏雨卻知終未雨，期寒豈料果輕寒。
重遊更覺年華逝，風物還須放眼看。
且喜山川多嫵媚，智仁之樂自陶然。

嘉道理農場／張宏生（二月二十四日）

遊嘉道理農場，小詩一首，以誌春日之美。

鵝黃嫩綠倩槎枒，細雨商量葉底茶。
態作鐘觚千點萼，韻成蠟炬萬枝花。
幽蘭在目誇君子，火鸖臨波愛磧沙。
遙指觀音山下路，明年休教葛蔓遮。

遊嘉道理山十載有感／張隆溪（二月二十四日）

信剛、敏民、金銓、嘉琪、培凱及吾全家結伴初遊嘉道理山莊，在二〇〇三年春，去歲重訪，今日又至，荏苒之間，已是十年光景。山花依舊，友朋更增，而吾輩腳力猶勝於當年。諸人交談愉快，心情舒暢，真不知老之將至也。去年遊此，吾有詩曰：「來年花發期攜手，共賞嫣紅吐鬱芬。」今日正值上元佳節，得詩一首，以為更續，呈諸友教正。

曾期花發重攜手，又至青蔥待客山。
火鶴碧雞臨風舞，鵝黃鴨綠併枝喧。
含苞眾卉姿千種，結伴朋情意十年。
恰是上元今日慶，明朝猶許到崇巒。

元荃古道／張宏生（三月三日）

行走元荃古道，速度之快，破往日紀錄，郊野騁目，紫荊綻放，春意盎然，仍以小詩紀之。

古道迢迢記葛蕪，元荃此日有通途。
紫荊舒勃連深碧，綠蠟交關映淺朱。
新葉風多偏窈窕，高岡足健動須臾。
池塘芊蔚皆春草，漠漠鄉原氣早蘇。

大埔滘自然徑 / 張宏生（三月十日）

大埔滘自然徑之清幽令人流連忘返。小詩一首，與諸友人分享。

飄蕭阡陌勝氍毹，黃葉行間盡畫圖。
引蔓摩天親玉宇，盤根匝地舞虬鬚。
山空人靜浮塵杳，草密林幽曲徑逋。
紅紫聯翩爭入眼，三春花事莫踟躕。

〈大埔滘自然徑〉

遊大埔滘／張隆溪（三月十一日）

昨日遊大埔滘，雖熟路舊徑，卻頗令人腳軟，唯中途憩息處有巨石嶙峋，更有嘉木盤根錯節，屹立其上，感而賦之。

高低行啡路，蜿延本舊遊。層蔭林下暗，細水竹間流。
高樹臨青石，盤根繞鐵鉤。任他風雨驟，何可撼剛柔。

〈遊大埔滘〉

西灣赤徑遊／張隆溪（三月二十四日）

諸位朋友：

今日乃培凱謂此季行山之尾聲，至西灣、赤徑一帶，雖溫度略高，上下攀援，但景色開闊而秀美，至西貢午餐，海味亦極鮮美可口，眾人皆評價很高。余成詩一首，呈上請諸位哂正。

西灣赤徑皆春色，一路高低結伴遊。
碧海平沙天地廣，白雲潮水古今流。
聽濤方覺層巒靜，避熱應憐景物幽。
揮汗何妨談笑樂，喜看新綠滿枝頭。

遊西高山觀維港／張隆溪（四月七日）

香港近來陰雨連綿，昨日放晴，我等於山頂尋新徑，至西高山。觀兩面海景，開闊無限，覺心曠神怡，更感香江行山觀景之可貴，乃成詩一首以誌之。

風清氣爽雨初晴，舊徑新途意趣增。
南海雲疏翻碧浪，西山葉密囀金鶯。
峰顛一望千山外，眼底群樓萬象生。
不見香江春色老，蔥蘢草木四時青。

破陣子・石壁水塘／張宏生（四月十四日）

行於石壁水塘，氣候宜人，景色美麗，新朋老友，晤言愉快。乃成《破陣子》一首，以記一時之趣。

萬綠叢中春暮，嵐陰散盡晴明。
徑幽忽過飛蝶影，葉密遙聞拍岸聲。
黃鸝花底鳴。
詩詠新聽蒙誦，浪浮肯伴潮生。
環島幾成突厥約，坦腹每期羯鼓情。
人人語笑盈。

再遊石壁／張隆溪（四月十五日）

香江山徑遍及各處，石壁水塘道一面環山，一面臨海，野徑回環，景色秀美，宏生所謂余情有獨鍾者也。昨日偕諸友再至，心曠神怡，後至梅窩土耳其餐館品嚐異國美食，眾皆稱善。宏生以詞記之，余亦成詩一首附之貂尾，呈諸友哂正。

雨後初晴薄霧開，翻飛白鷺意徘徊。
近人蛺蝶花間舞，遠影風帆海上來。
雲集平沙浮野島，浪敲石壁響輕雷。
繁枝不欲蟬鳴早，猶得春深共把杯。

紫羅蘭徑／張隆溪（四月二十一日）

昨日行紫羅蘭徑，繞淺水灣至赤柱。一路霧濃煙輕，遠望有風帆數點，近觀則樹碧山青，乃賦詩以誌悠遊之樂，並呈諸友一覽。

紫蘭曲徑臨滄海，迤邐回環淺水灣。
風勁吹枯低秀木，霧濃滴翠染空山。
飛煙半罩迷青嶺，浮靄初開見白帆。
新綠枝頭春意盛，葉尖芽嫩吐朱丹。

〈紫羅蘭徑〉

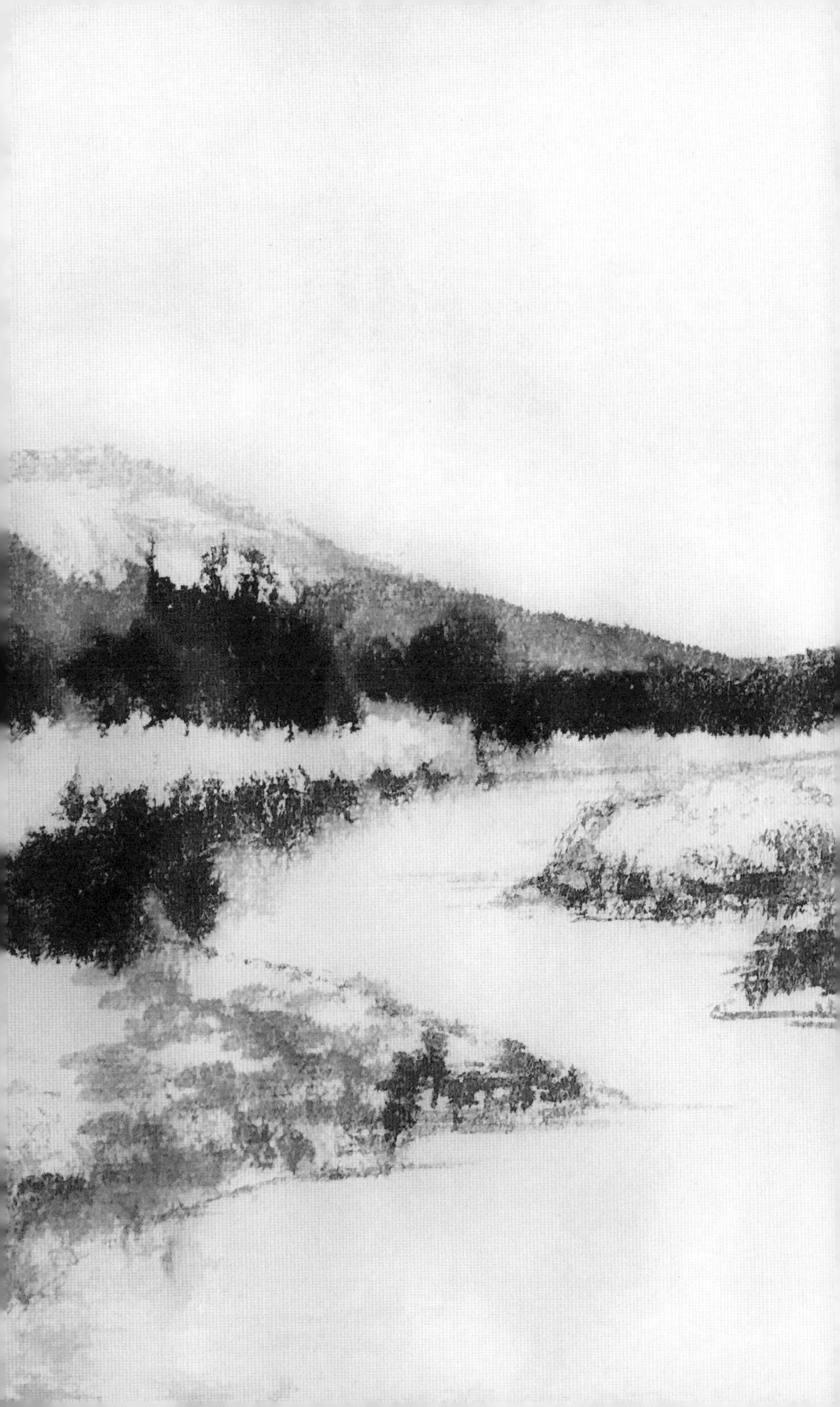

踏莎行・登元荃古道／張宏生（四月二十八日）

行於元荃古道，所見甚為獨特，隆溪傳來照片，紀錄經行之處。小詞一首，尤寄意於山間迷路以及不同氣候之感受，以為各位湊興。

溪澗紅深，峰嵐綠淺。芙蓉小苑芭蕉展。
岩泉紆曲綠蔭遮，田夫仔畔青山轉。
紫蕊輕垂，黃鸝暗囀。高低徑路孰爈雋。
慣尋石罅誦新詩，無端山雨拂人面。

登元荃古道／張隆溪（四月二十八日）

重登大欖元荃道，片石翻鋪舊路新。
豐草芳菲香曲徑，野茶爛熳點疏林。
繁花碧海舒吾意，微雨清風沁我心。
終日玉泉叢竹下，潺湲應得漸春深。

龍脊至石澳遊／張隆溪（五月五日）

今為農曆癸巳三月廿六，立夏之日，而天清氣朗，迥異於往年之暑熱燥濕。據報此乃香港自一九一七年以來氣溫最低之五月。吾等猶得行山出遊，由土地灣拾級而上，至龍脊，風勁涼爽，何等快哉。

香江入夏火晶[1]狂，今日清幽異故常。
猶得伏龍沿脊走，喜看猛鷙順風翔。
登高萬木青巒暗，望遠千帆碧海滄。
山徑誦詩多雅致，愚人[2]不解亦何傷。

1 火晶：謂日。柳宗元《夏夜苦熱登西樓》詩有句云：「火晶燥露滋，野靜停風威。」
2 愚人：今日諸友山中按例誦詩，特為此季結束而讀宋人汪藻及近人王國維兩首。未料忽有兩人騎車而至，山徑有亂石參差，本難驅車揚長而過，諸友或坐或立，於山徑旁誦讀古人佳作。彼等痴愚，不知誦詩之雅，竟怪我輩未讓道，實為可笑。信剛校長操純正粵語，曉之以理，復以英語囑之曰：Have a good weekend！

龍脊看鷹／張宏生（五月五日）

龍脊行山，隆溪寫得有趣，言及誦詩時之情形，可發一噱。至於所寫龍脊之上觀覽，亦可見人同此心。拙作則欲換一角度，專注於鷹，蓋因其御風因勢而行，令人印象非常深刻。

振羽蒼茫外，山鷹影自高，御風乘海氣，拍霧湧林濤。

勁健能因勢，勃舒宛在濠。卓然龍脊上，策杖鼓絲絛。

東人有云中日千年之事者，感而作此／張宏生（五月六日）

紛紛王霸墜寒灰，舟艦巖崖即奪胎。
枉說千年衣帶水，猶成滿目字兼媒。
釣臺海上嗤和戰，光電雲間孕雨雷。
最是無端誇險釁，大洋深淺費疑猜。

答宏生／張隆溪（五月六日）

滄海浮天衣帶水[1]，抽刀難斷洩東瀛。
入歐痴夢殘灰滅，劫亞狂飆鐵血猩。
應恨當年屠戮眾，可知今日罪魂驚。
紅梅不共櫻花笑，且許仁心與惜英。

1　滄海句：錢起《送僧歸日本》有句云：「浮天滄海遠，去世法舟輕。」

2013年五月五日。今年爲香港自1917年以來最涼爽的五月。所以我等又自筲箕灣出發，乘9號巴士到土地灣開始行山。上龍脊，風勁氣爽，然後至石澳。中途休息，先誦宋汪藻春日詩：

一春略無十日晴　處處浮雲將雨行
野田春水碧於鏡　人影渡傍鷗不驚
桃花嫣然出籬笑　似開未開最有情
茅茨煙暝客衣濕　破夢午雞啼一聲

先生謂今日乃今春最後一次行山，所以破例再吟王國維曉步詩：

興來隨意步南阡　夾道垂楊相帶妍
萬木沉酣新雨後　百昌蘇醒曉風前
四時可愛唯春日　一事能狂便少年
我與野鷗申後約　不辭旦旦冒寒煙

姓名	行山	午餐	滿意度
張信剛	★★★★½	★★★½	★★★★
劉一芳	★★★★★	★★★★	★★★★★
程大順	★★★★★	★★★★	★★★★★

[illegible]	★★★★½	★★★★	★★★★★
[illegible]	★★★★★	★★★	★★★★★
[illegible]	★★★★½	★★★	★★★★½
[illegible]	★★★★½	★★★★	★★★★½
張宏生	★★★★½	★★★	★★★★½
[illegible]	★★★★½	★★★★	★★★½
[illegible]	★★★★½	★★★★	★★★★
Omid	★★★★½	★★★★	★★★★
Leon	×××××	××××	×××××
[illegible]	×××××	××××	×××××
張隆溪	★★★★★	★★★★	★★★★★

遊船海灣／張隆溪（十一月二十四日）

新娘潭畔路，拾級上崗巒。漸覺清蔭密，偏憐片葉丹。

遠雲開碧樹，近海望青山。遙看飛泉水，潺湲不肯閒。

八仙嶺自然徑／張宏生（十一月二十五日）

照鏡澄潭畔，迢迢望八仙。雲光回遠影，草色引重巔。

林密晨藏羽，檣多夜泊船。臨風懷小謝，山水共蒼然。

過梅子林 / 張隆溪（十二月一日）

蛺蝶翻飛古道旁，落英粉翅折晨霜。
夢迷大化齊生死[1]，省見荒虛一祖殤。
纍石水喧隨曲徑，疏林日照映幽篁。
碧波遠眺青山外，何處秋蘭發暗香。

1 夢迷句：用《莊子．齊物論》莊周夢為胡蝶故事。夢覺，「不知周之夢為胡蝶與，胡蝶之夢為周與？周與胡蝶，則必有分矣。此之謂物化。」又謂：「天下莫大於秋豪之末，而大山為小；莫壽於殤子，而彭祖為夭。天地與我並生，而萬物與我為一。」此即所謂一死生、齊彭殤之論。晉王羲之《蘭亭集序》駁之曰：「古人云，死生亦大矣，豈不痛哉？每覽昔人興感之由，若合一契，未嘗不臨文嗟悼，不能喻之於懷。固知一死生為虛誕，齊彭殤為妄作。後之視今，亦猶今之視昔，悲夫！」今日見蝴蝶飛舞，旋即死去，故思莊生與羲之之辯而述之。

拾塱村行／張隆溪（十二月九日）

取道梅窩迤邐行，水天一線海波澄。
碧蕉半老垂黃葉，紫樹猶新宿碧鶯。
拾塱荒村唯野趣，平沙細浪盡詩情。
游魚儵忽青牛慢，坦澹無心歲月更。

二〇一四年

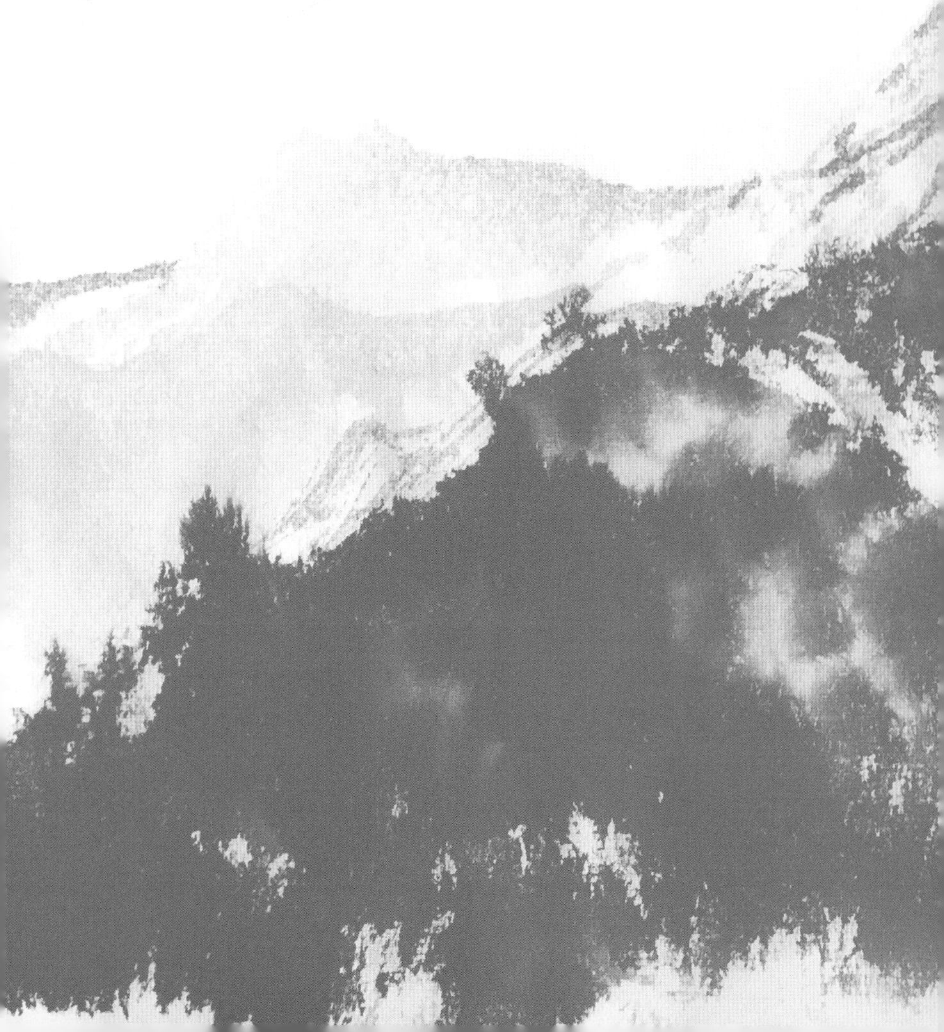

遊榕樹澳即景／張隆溪（元月二十日）

輕寒南國殘冬盡，已是千山草木春。
翠竹聲喧私語細，白茅風過點頭頻。
紫荊花發酡顏醉，綠樹蕉垂闊葉新。
碧海清波漁浦外，輕舟數點待遊人。

榕樹澳至大浪窩／張宏生（元月二十日）

荊叢何處覓綿巒，徑曲遙峰變髻鬟。
紅蕊青蕉榕樹澳，輕霞淡靄馬鞍山。
湅雷遙待聽抽筍，淺浪剛宜泊釣船。
笑說當年葡萄事，依然斷壩碧波間[1]。

1 末二言信剛校長倡議葡萄委員會事，眾人紛紛指點其處。

過馬鞍山／張隆溪（元月二十七日）

沈寂冬山睡，層巒疊翠微。草深含宿露，林靜映清暉。
竹暗橫枝瘦，茅高箭葉肥。思隨雲海遠，神動片帆飛。

2014年10月5日，為此季首次行山。由嘉琪領導，從火炭乘28K小巴至大浦滘自然教育徑，行咖啡路。今日人雖不多，但乃最先开始之Founding members，只是培凱不在，張家西及女也不在香港，但有Alexander加入，大家興致濃高，在山中吟杜甫名詩，詩曰：

黃四娘家花滿蹊　千朵萬朵壓枝低

穿花蝴蝶翩翩舞　點水蜻蜓款款飛

行山之後，至大浦西餐廳Backyard Bistro午餐。

	行山	午餐	滿意度
周敏民	★★★★★	★★★½	★★★★★
唐薇林	★★★★★	★★★★	★★★★★
梁嘉琪	★★★★★	★★★½	★★★★★
張信剛	★★★★★	★★★	★★★★★
李金銓	[illegible]	[illegible]	[illegible]
亚历山大	★★★★	★★★★	★★★★½
張隆溪	★★★★	★★★★	★★★★★

〈過馬鞍山〉

馬鞍山／張宏生（元月二十七日）

披草穿林沐曉風，山行又過大金鐘。
雜英疏爽將含蕊，奇石兀嵬欲破空。
企嶺休嗟長路漫，晴灣總喜淡煙籠。
應知洪記開佳宴，四海德鄰笑轉蓬[1]。

1 末二言在「洪記」送別多弼。

2014年10月12日，培凱身體有恙，乃請敏民負責。集於西鐵荃灣站，諸人或有錯至荃灣者，會齊後，乘坐51號巴士至荃錦坳，一路古木扶疏，樹影斑駁，衆人皆甚賞其景。一路下行，略似熱身，行三小時，至川龍。途中誦李白詩：峨眉山月半輪秋，影入平羌江水流。夜發清溪向三峽，思君不見下渝州。點燒鵝一隻，六人無會做論，均甚好味。

	行山	午餐	滿意度
周敏民	★★★½	★★★½	★★★½
唐蕊林	★★★★★	★★★	★★★★
[illegible]	★★★★	★★	★★★★
亚历山大	★★★★★	★★★★★	 ★★★★★ 因为Caroline也在
Caroline Zhang	★★★★	★★★½	★★★★★ 因为Alex在

〈馬鞍山〉

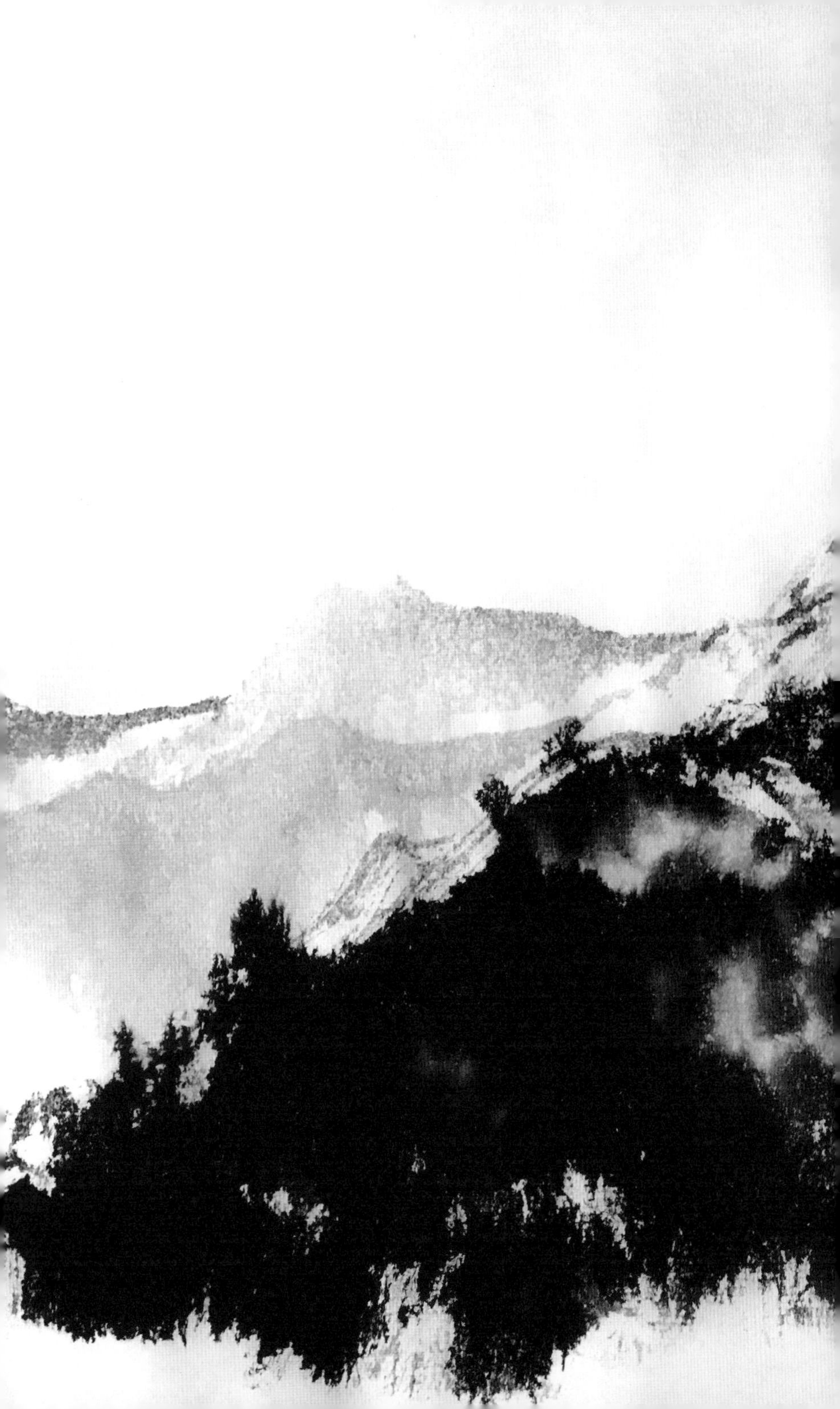

甲午新春／張隆溪（二月一日）

甲午新春，應國強、朱江兄之請，與諸友聚於婺源正博山莊，談笑甚歡，成詩一首記之。

張隆溪

鹿鳴郊野平原秀，雅聚清談實快哉。
萬里江山除舊歲，千聲爆竹震新雷。
文心豹蔚交誼厚，琴意幽玄逸韻徊。
咳唾生珠堪記取，良辰相與共傾杯。

甲午新春初十日與諸友重遊嘉多理農場 / 張隆溪（二月九日）

春初重聚嘉多理，雲氣空濛霧靄然。
一樹桃花含細雨，幾叢翠竹著輕寒。
應憐子厚同憂老，卻效東坡自得仙[1]。
此處風光堪作畫，淡煙一抹是青山[2]。

1 應憐句：柳宗元詩《同劉二十八院長述舊言懷感時書事奉寄澧州張員外史君五十二韻之作因其韻增至八十通贈二君子》有「同病憂能老，新聲厲似姱」一語，謂與劉禹錫因外放而同病相憐，詩詞唱和，愁苦抑鬱。蘇東坡詩《寄吳得仁兼簡陳季常》則有「誰似濮陽公子賢，飲酒食肉自得仙。平生寓物不留物，在家學得忘家禪」之句，謂雖處窮境，卻不為外物所羈，自得其樂。今日我等行山道中吟柳宗元《柳州二月榕葉落盡偶題》詩，然子厚雖文辭幽雅，終覺意氣消沉，因作此句以東坡為楷模也。

2 附柳宗元《柳州二月榕葉落盡偶題》：宦情羈思共悽悽，春半如秋意轉迷。山城過雨百花盡，榕葉滿庭鶯亂啼。

再遊龍脊／張隆溪（二月二十三日）

春寒南國雖無雪，水冷香江薄霧生。
風勁拂鱗龍脊動[1]，雲低吹羽鳳簫鳴。
凝神草木千山秀，放眼滄波萬頃澄。
快步登臨身手健，心雄猶可縛長鯨。

1 風勁句：謂風疾如批龍鱗而動。鳳簫謂竹，風過如鳴。

重遊南丫島 / 張隆溪（三月九日）

仲春清氣洌，料峭覺寒侵。且喜荊花笑，應憐碧葉深。
青衿[1]來遠地，古句賞殊音。眺望漁舟外，層巒染翠林。

1 青衿：指青年學者。今日有金銓帶領十數年輕學者加入行山，以數地方言誦讀劉子翬《江上》詩，甚為有趣。

遊城門河道／張隆溪（三月三十日）

細雨初收玉露晞，朝行漸暖欲寬衣。
青雲靄靄依山盡，白鷺翩翩近水飛。
臨海路衢隨遠近，沿河草木亦芳菲。
紫荊花發憐春意，紅蕚盈枝綠葉肥。

元荃古道／張宏生（四月二十七日）

四月元荃道，雨餘見麗晴。長橋波浩渺，高嶠氣新清。
花綻溪流暖，鷺飛眼格明。相攜深井去，把酒感鳴嚶。

元荃古道行／張隆溪（四月二十七日）

春深盡染山巒翠，古樹鬚垂皮色蒼。
數點白鷗歸綠竹，一池蓮葉映驕陽。
浮光影動溪流緩，清氣風來草木香。
相約林泉諸友意，十年攜手不尋常。

安仁古鎮／張隆溪（八月六日）

二〇一二年十二月二十二至二十六日初訪安仁，宿自能學館及明軒，並參觀建川博物館及劉氏莊園。二〇一四年夏復與諸友重訪安仁，見鎮上多處公館，雖無昔日繁華，然風韻猶存，近年更欲以古樸之風，發展文化旅遊，因賦詩一首記之。

張隆溪

安仁庭院深如許，風俗淳樸智者居。
昔日繁華餘舊夢，而今空闊有青廬。
梅開學館宜談聚，風靜明軒好讀書。
古鎮新顏期客至，彩幡微動惠風徐。

題魏明倫文學館／張隆溪（八月六日）

魏公明倫雅好辭賦，多有佳作，文思敏捷、筆力雄健，有巴蜀鬼才之稱。安仁為建文學館，為蜀地文風增添異彩。今攜友拜訪，因書一聯題贈魏明倫文學館。

巴蜀稱靈異，有歷代文采輝映，愛公辭章存古韻；

錦城亦滄桑，多傳聞故實動人，感君歌賦吟新音。

張隆溪甲午夏日敬書

遊英倫二首／張宏生（十月六日）

訪狄更斯故居

時代驚心孰重輕，無邊悲憫記雙城。
章聞筆削瀛寰事，鞋履塵翻冷暖情。
畢竟艱辛成大衛，從來愛善共前程。
昏蒙誰作青鸞使，幾度燈前憶正聲。

蝶戀花・康河

柳暗康河初日曉。庠序連綿，才俊知多少。依舊柔波浮荇草。
翩翩鵝鴨舟前繞。
故國去來遐思渺。揮袖經年，夢裏星輝好。作別雲巒琴音悄。
華章長映河邊道。

重遊大埔滘／張隆溪（十月七日）

宏生及諸友：

謝謝嘉琪組織，上星期天去大埔滘十分愉快。當日行山，景物舊諳，然香港「佔中」逾時已一週，市民意見相左，相持不下，我等雖在山中，仍難以釋懷。返家後援筆記之，反覆斟酌，竟難俱陳所思所感。昨晚見宏生寄來倫敦康橋諸作，甚佩能狀物抒懷，故亦勉力成詩一首，謹呈惠覽。

入秋潤九猶炎溽，雲氣蒸熏起暗潮。
忍看弱枝驚驟雨，寧來曲徑遠塵囂。
清泉漱石情依舊，翠竹移陰影自搖。
可喜少年[1]增意興，青山指點志逍遙。

1 此處「少年」指 Alexander Hornung，他在深圳北大研究生院做交換學生，直到明年一月離開返德國。

荃錦坳／張宏生（十月十三日）

車行荃錦坳，古道問新途。夾谷黃花亂，沿溪綠影殊。

欹斜風浩盪，宛轉草氄氍。漫說塵囂遠，憑欄嘆隱虞。

龍脊至大浪灣行／張隆溪（十一月十日）

管他近日多陰雨，一上青峰意氣平。
龍脊風高篁竹翠，京畿雲淡普天清。
九州本是同聲氣，南北何容一劍橫？
景物香江誰得似，直須呵護辨分明。

長洲遊／張隆溪（十一月十七日）

漁島碌碌多遠客，鄉民指點買魚蝦。
青山怪磊生奇石，白浪輕雷拍細沙。
此景如常心境改，陰雲變幻究可嗟。
香江有法平如水，莫教漂流似落花。

歸訪蓬溪張氏故里感懷二首／張隆溪（十一月二十日）

甲午閏九月，遂寧蓬溪縣召開紀念吾祖張問陶誕辰二百五十週年學術研討會，召予赴會。予生成都，首次攜妻歸訪先祖故里，感而賦之。

尋源萬象如流水[1]，九曲迢遙總復回。
錦里枝榮思古柏，蓬溪根固望琴臺。
幽篁綠影臨窗舞，叢菊金秋隔岸開。
故里親情連骨肉，鄉人歡聚共傾杯。

1 首句取自張問陶《船山詩草》卷十六《中年》之二：「萬象如流水，尋源遂有源。」

船山詩畫名遐邇，一任清新主性情。
真氣發抒成妙語，江山點染化丹青。
五音淩亂依心定[1]，天籟無聲豈耳聽。
胸中若無書萬卷，何來下筆此空靈。

1 五音淩亂句見《船山詩草》卷十一《論詩十二絕句》之二：「五音淩亂不成詩，萬籟無聲下筆遲。聽到宮商諧暢處，此中消息幾人知。」

踏莎行・長洲／張宏生（十一月二十六日）

小徑陰濃，繁花色亂。篷帆點點光如練。
兀然奇石矗晴波，星輝閃爍漣漪見。
天際鷹飛，田原草茜。誦詩列坐礁巖畔。
長天澄澈遠塵囂，香江山水總堪戀。

臨江仙・大灘灣／張宏生（十一月三十日）

敏民、金銓、嘉琪與余四人，由嘉琪帶隊，行於大灘海下。得敏民、嘉琪鼓勵，乃詩興再振，作此一首。鳥鳴、水響、帆影等，皆是日所見，亦眾人讚歎再三者。下片紀經行之處，當時立此存照，一致決定立即詢之培凱，如此變化，令人感慨。

大灘灣

路入林叢聞百囀，澗溪流水潺潺。
白帆點點碧波間。日光穿隙樹，云腳探埼灣。
海下年來驚世事，赫然樓宇新盤。
牆泥滓涅愧青山。天然方大美，機息淨郊寰。

二〇一五年

龍脊至大浪灣／張隆溪（元月五日）

昨日為二〇一五新年後首次行山，參加者有金銓、嘉琪、隆溪、薇林、有瑞及睿嬛，此外更有Alexander及其父母Alfred及Beate，其同學Tim，共十人，其中來自德國者四人。故余選德國大詩人歌德名作一首，為吾等行山吟詠之詩。Alexander，Tim及Beate用標準德文、柏林及巴伐利亞地方音調朗誦此詩，抑揚頓挫，音韻諧和，眾人又共讀Scott Horton之英譯，亦頗有意味。此詩寫大海平靜了無風浪，然寂靜中似乎暗藏危險，極具戲劇性。貝多芬曾以此寫作詠歎調，更廣其傳。返家後成詩一首，以記當日吾儕之樂也。

南國經冬未覺寒，風清氣爽賀新年。
友朋乘鳳來千里，吾輩降龍有十賢。
大浪卷飛堆白雪，平沙曲岸望輕帆。
寸陰堪惜歸飛疾，來日相期笑語歡。

金山道行／張隆溪（元月十一日）

開年重至金山道，舊景依稀憶昔時。
晴空雨疏三兩點，葉密猴躍八九枝。
登高百尺平湖靜，望遠千山草木萋。
此地應憑文氣盛，林間高詠謫仙詩。

謁金門・遊城門水塘／張宏生（元月十二日）

隆溪大作妙用數目字，寫出遊金山道情形，使人聯想南宋辛棄疾之名篇《西江月》：「七八個星天外，兩三點雨山前。」追步其後，成小詞一首。是日見野豬和猴子近距離相處，各覓其食，相安無事，甚至親密無間，亦甚為有趣。

佳時序。寒嫩喜偕儔侶。一樣青山新機杼。雙雙黃鸝語。
壕塹暗來微雨。木末連綿洲渚。林下馬騮容與處。豭仔相爾汝。

元荃古道行／張隆溪（元月十九日）

昨日由嘉琪引領，金銓、隆溪、薇林、有瑞共五人行元荃古道至深井，食陳記燒鵝。一路行來，似頗輕松愉快，然思數年前來此，風景依舊，卻不止於五人之數，故以此詩寄意，呈諸友覽正。

千階古道繞迴環，健步行來未覺艱。
遠望山間輕霧薄，近聞林下水聲潺。
清塘照影搖明鏡，暖日生輝映翠鬟。
青鳥殷勤思寄語，何時重聚盡歡顏。

望海潮・巴厘島山澗漂流 / 張宏生（元月十九日）

隆溪大作，「清塘照影搖明鏡，暖日生輝映翠鬟」二句寫得形象，「搖」、「映」二字尤其生動。不過，眾人於此行山，似未有「數年前」之遙，猶記去年秋天，還曾走過，隆溪或別有所指。巴厘島歸來，對漂流一事，念念不忘，此為以前未有之經驗，又是在熱帶雨林中，值得記錄，因有「望海潮」之作。

千峰環繞，叢林繁茂，飛湍擊石橫流。盔被甲環，長槳密護，迢迢白浪輕舟。屏息更凝眸。恰注坡良駿，浩蕩難收。巖漩回環，老藤陰裏看浮漚。

前舟倒舞戈矛。忽銀波激柱，難覓兜鍪。蘿串蚌珠，橋懸鐵棧，依稀穿澗獮猴。壯歲此遨遊。恁長歌吟嘯，揮手箜篌。最是船頭雀躍，萬象醉颸颼。

東涌大澳行山／張宏生（元月二十五日）

從東涌出發，一路走來，雖仍是臘月，已然春和景明之態。將至大澳，見港珠澳大橋正在施工，橋墩排排，赫然列於海波之中，眾人多有感慨。乃於歸途中哦成一詩，「常懷」句檃栝薇林語，因其甚喜一段濤聲拍岸處，末聯則檃栝嘉琪語。

灣村臘月走沙螺，春色無邊掬已多。
綠竹隨風誇勁節，紅花隔霧思清和。
常懷淺浪能親岸，驚見長橋欲臥波。
一夕屬連珠港澳，悠悠心事果如何。

東涌至大澳 / 張隆溪（元月二十五日）

今日經沙螺灣村重遊大澳，驚見海中一排橋墩初建，為將來連接珠港澳之大橋。此橋建成尚需時日，然此於香江是幸是不幸，吾意當前似未可定論。拙詩中「鴉雀噪」謂此地近機場，時有飛機起降，轟然於耳；「鐵龍」則指修建中之大橋，建成之後將離海岸不遠。

重至東涌遊舊徑，逸東村外紫荊繁。
猴宮香火神猶在，村店魚蝦膾可餐。
卻恨橫空鴉雀噪，復驚近海鐵龍蟠。
是非未卜將來事，且待兒孫另眼看。

遊紫羅籣徑 / 張隆溪（二月一日）

曲徑環青麓，蟠藤繞故枝。山茶依季放，含蕊近人垂。
滄海寒煙色，碧峰若睡姿。自知時節定，冬去即春隨[1]。

隆溪此首五言詩，亦古體，亦近體，有張九齡感遇諸作風格，末二句引西人語而以文言出之，尤有理趣。

宏生

1 冬去即春隨，乃化用英國詩人雪萊《西風頌》名句："If Winter comes, can Spring be far behind?"

〈遊紫羅蘭徑〉

紫羅蘭徑／張宏生（二月一日）

徑繞大潭碧海邊，黃鸝葉底正清圓。
眼前輕舸能分浪，腳下長空肯息鳶。
裊裊花冠枝外蕾，迢迢樹色霧中煙。
易平老嫗堪知解，簷宇山榴話樂天。

隆溪所選詩為白居易《題山石榴花》，因相與共論樂天詩風。
諸位朋友：
宏生此詩寫景細緻，輕舸分浪，長空息鳶，皆為昨日所見實景，尤其「腳下長空」句謂我等由高處沿階而下，見一鷹翱翔空中，而其位置較我等為低，宏生妙手寫來，使人有

重臨其境之感。「嫋嫋花冠」一聯與拙詩所言似遙相呼應，而尾聯話樂天詩則昨日談論之可記者也。

隆溪

梅窩至貝澳／張隆溪（二月八日）

諸位朋友：

大嶼山南麓由梅窩至貝澳，沿海一路行來，風景頗佳。今日風清日煦，波光閃爍。經新舊十塱村，我等在十塱村公所前吟誦東坡《惠州一絕》詩，頗有意味。新春在即，思念遠方之親友，恐亦我輩共有之情者也。

隆溪

大嶼山南郊野靜，煙輕日暖近新春。
銀鱗波動浮滄海，翠羽風搖入茂林。
時事同行談笑論，蘇詩併坐漫長吟。
親朋寄語香江好，存念胸懷是遠人。

貝澳／張宏生（二月八日）

貝澳行山，隆溪先成一詩，不僅模山範水，而且寄意遠方，情思纏綿，所謂「每逢佳節倍思親」是也。余亦草成一首，續貂於後。

塵霾淨盡喜登臨，隔澗鳴禽有好音。
山上嫩寒清冉冉，枝頭新葉碧駸駸。
竹苞松茂開明秀，風細浪輕動淺深。
十載闊疏今貝澳，風光無限任高吟。

2015年二月8日，由嘉琪领导，由中環碼頭乘船至梅窩開始行山，沿海岸而行，至拾塱村再至貝澳，風景秀麗，日光和煦，至茂記中西餐厅午餐。今日宋生帶大家吟蘇東坡《惠州一絕》詩：

羅浮山下四時春　盧橘黃梅次第新
日啖荔枝三百顆　不辭長作嶺南人

	行山	午餐	滿意度
徐嘉琪	★★★★½	★★★★½	★★★★★
宋韵雅	★★★★★	★★★★★	★★★★★
張小玲	★★★★★	★★★★	★★★★★
路明經	★★★★★	★★★★★	★★★★★
雷蔚真	★★★★★	★★★★★	★★★★★
張洪忠	★★★★★	★★★★★	★★★★★
張信剛	★★★★½	★★★★	★★★★

張宏生	★★★★★	★★★★½	★★★★★
笑梅	★★★★★	★★★★	★★★★★
李曼筠	★★★★½	★★★★½	★★★★★
孫有瑞	★★★8	★★★★	★★★★
胡慕林	★★★★★	★★★★	★★★★★
張隆溪	★★★★½	★★★★	★★★★½

張錦鏜

離港兩月，每週会聚參与行山活動，对各位山友同志之詩詞未嘗或忘。二月五日由溫哥華飛港，甫下机，看電郵，知本週之行為大屿山。乃決定準時參加，但不預先通知领導同志，突襲也！

釣魚翁即景二首／張隆溪（二月十五日）

諸位朋友，今日行山已近新春，一路風光秀麗，海闊氣清，此情此景，他日憶及，當為可貴。又初上山路時，驚見一片草木經山火焚餘，寂寥蒼涼，頗有感觸，故成詩二首。呈上請諸友指正。

隆溪

香江南國春來早，秀色悄然已滿枝。
初吐新芽紅欲醉，怒生草蔓綠如垂。
穿林微雨遊絲細，拂海清風碎浪吹。
結伴登臨心意暢，此情彌貴境移時。

重遊清水灣邊徑，忍見霜林一片焦。
燼後寒灰驚寂寞，焚餘槁木意蕭條。
春回但得滋霖露，時運應須降雨膏。
萬象迴還終若此，何時復見此芳郊？

踏青遊・釣魚翁／張宏生（二月十五日）

釣魚翁行山，所見之景，所歷之境，所思之情，皆有豐富層面，無怪隆溪詩興大發，一首無以盡之，乃有其二。余亦有小詞一首，調寄《踏青遊》，詞牌亦可視為詞題。

撲面熏風，將軍澳前清曉。路宛轉、疏林芳草。攬紅情，擁綠意，
娟娟叢筱。潤沃土、何年野燒平皋，樹罅紫藤纏繞。
碧海無垠，遠洲近巒縹緲。指點處、白沙輕窈。薄林梢，依舊是，
蒼鷹翔繞。待下嶺、峰頭忽來微雨，蕩激豪情多少。

重遊婺源二首／張隆溪（二月二十日）

篁嶺古村

江西婺源篁嶺近石耳山，半山有古村落，粉牆墨瓦，依山而建。多翠竹，又有古香樟樹直干雲霄。沿山梯田鱗次節比，多為油菜苗，油然碧綠，至三月則一片金黃，為當地一景。

婺源去歲初相識，眾友重逢笑語温。
修竹茂林藏曲徑，環山峻嶺抱孤村。
農蔬葉綠橫阡陌，古木枝香映紫暾。
不必桃源蹤跡渺，寒煙一片帶碧痕。

詠源頭古村紅梅

殘冬英發未為遲，獨立溪旁只兩枝。
綽約何須蜂鳥近，暗香豈必路人知。
寧期雨雪飄飛冷，無待春花漫放時。
一夜東風吹落盡，宛然猶夢歲寒姿。

贈王蘊智教授謝篆書／張隆溪（二月二十二日）

玄妙曾驚天雨粟[1]，秦皇籀篆命書同。
銀鉤鐵畫非常事，萬世滄桑一宇中。

1 天雨粟：《淮南子．本經訓》：「昔者蒼頡作書，而天雨粟，鬼夜哭。」王教授筆名粟雨。

柏架山道行／張隆溪（三月二日）

悠悠石徑依山緩，處處風徐草色青。
談讌氣匀知體健，登臨步捷覺身輕。
嫣紅嫩葉開新蕊，娥綠繁枝展錦屏。
四望香江春已至，疏林翠谷喜鸎鳴。

大潭道行山／張宏生（三月二日）

盪激煙霞寫臆胸，大潭道上且從容。
新年風染香江麗，嘉日春從嶺表逢。
掩映枝柯紅萼鬧，扶疏葉序綠蔭濃。
高岡無限登臨意，望遠林巒又幾重。

又行紫羅蘭徑／張隆溪（三月八日）

平明清氣爽，霧薄覺輕寒。草染層巒翠，枝新片葉丹。
煙波搖碧海，秀色滿丘山。但問春來早，不知歲月遷。

淡黃柳・紫羅蘭山徑 / 張宏生（三月八日）

隆溪紫羅蘭徑行山大作，輕倩自如，不僅見出新春氣象，更表達喜樂心境。沿紫羅蘭徑，至拐向紫崗橋之山道，山風迅疾，山茶樹因之起伏不定。薇林云，就像吹動綠色的毯子。此形容甚為生動，乃以之入詞。

山川潤湛。一夜熏風染。嫩綠鵝黃新點點。
嶺表馳飆勁撼。蕩起山茶碧絲毯。
畫幅罨。群峰秀堪攬。鱗光動，漾如糝。
問煙岑、甚事能封減。小徑回眸，覓春何在，無盡芳林映掩。

遊嘉道理山／張隆溪（三月十五日）

翠羽迎人解語鸚，露晞處處雉長鳴。
沿階苔蘚低頭暗，遍野山花照眼明。
青靄無蹤飄不定，層巒半影霧中傾。
惜春芳徑流連久，人靜思幽念武陵。

嘉道理農場賞花 / 張宏生（三月十五日）

嘉道理農場賞花，美景當前，隆溪充分發揮攝影師功能，一路讚賞不置，照片批量產出，與詩作相映成趣，亦一快事。繁花似錦，爭相入眼，乃成古風一首，欲稍加敷演。

香江二月三月來，千枝萬朵繁花開。
踏青最喜嘉道理，山靜人稀任徘徊。
入門先見火烈鳥，長喙高足戲池沼。
鸚鵡籠前常親人，問答殷勤音聲巧。
蘭圃清幽彎徑蹊，參差花蕊孰高低。

圃人指點流蘇貝，淵源嶺表入眼迷。
首陽當年力未竭，南來簇簇更奇崛。
樹頭樹尾盛紆盤，蒼然根氣辨巢蕨。
花叢何處覓綿蠻，滿山紅紫看杜鵑。
爛漫從知造化力，淺深濃淡總妙妍。
千古楚騷詠若蕙，翩然陣列紅背桂。
無邊綠意隱紅情，玉人同心真耦儷。
路旁荊叢任欹斜，抬眼忽見迎春花。
一枝嬌豔春心惱，休說清素不奇葩。

下山怡然更盼顧，坡上花開黃鐘木。
嫩萼滿樹欲流光，飛動翩翩如列鷲。
霧綃隱映幻復真，蒼林幽谷無纖塵。
自然徑上誇健足，花朝年年賞好春。

沁園春／張宏生（三月十五日）

乙未春日，偕曉明伉儷、蔣寅、春泓、雁平諸兄塔門踏青。

勝日芳郊，十里春光，萬頃遠陂。正婆娑樹影，勾交處處；迆邐蕁跗，吐綻枝枝。小道牛間，長空鷹勁，雪浪千堆拍塹崖。登臨處，看巒重嶂疊，天闊雲低。

胸中無盡煙霏。清興動、休云年少癡。更穿林覓道，低扶草莽；攀巖引索，仰陟雲梯。鴻雁南翔，神京北望，一脈文心賴奉持。香江地，恁濤驚湧怒，無盡菩提。

灣仔峽道／張隆溪（三月二十二日）

輕煙晨雨細，青靄濕人衣。秀色連山徑，晴光入翠微。
風熏林茂盛，膏潤草豐肥。遙看清波上，沙鷗近海飛。

清平樂・貝璐道／張宏生（三月二十二日）

隆溪大作將此行之氣候、環境、風景等一一寫出，頗有清和之美。余步其後，草成一篇，為今天貝璐道上之清遊做出記錄。謝謝敏民寄來照片，讓我等一起領略萬里外之春天氣息。

叢山野徑。佳日乘清興。莫道懸坡人蹭蹬。笑語峰巒和應。

林間亂葉鋪陳。樓臺隔岸氤氳。背簍敢誇年少，馳通萬里陽春。

一路行山，有參加背水登山活動而為邊遠山區貧困人口籌款的人士不斷經過，因在末二句及之。

馬鞍山昂平行山／張宏生（三月二十九日）

上週行山，雖歷軟腳坡之考驗，此番昂平之行，眾人仍然神采奕奕，健步如飛。沿途美景，沿途景色，美不勝收，尤其在觀景臺俯瞰西貢海灣，雲水蒼茫，令人嘆賞不已。又金銓憶其美國豪宅，植有丁香一株，今數過此花，徜徉其下，花氣襲人，不禁神往。

金鐘側畔味清和，貝璐休云軟腳坡。
竹筱昌繁枝浩盪，丁香馥郁影婆娑。
眼前澳港千家市，世外瀛寰萬里波。
逸散雲煙鶩渺漭，昂平胸次費吟哦。

行大欖林道／張隆溪（四月五日）

今日行山，一路林木葱翠，滿眼碧玉，十分愉快。我因近日實在忙於寫作，行前竟然忘記帶行山吟誦之詩，於是在途中休憩處，背誦杜甫《月夜》及《春望》二首，又因金銓兄問及李杜而談論李杜之友情，復帶領大家吟杜甫《月夜》詩：「今夜鄜州月，閨中只獨看。遙憐小兒女，未解憶長安。香霧雲鬟濕，清輝玉臂寒。何時依虛幌，雙照淚痕乾。」返家後回想今日除薇林、有瑞外，行山乃新路，前後幾近四小時，而心情愉悦。得詩一首，呈諸友惠覽。

隆溪

行走香江十數年，新途未料此初探。
穿林曉日明郊野，夾道輕蔭翳翠巒。
觀景登高瞻碧海，入村近水看池蓮。
春深尤得添詩興，佳句低吟慕古賢。

**應諸友之請，將今日所談李杜之事記之如下。李白天才英發，早年成名。開元十三年（七二六）李白二十五歲，離蜀漫遊，已有詩名。據唐人孟棨《本事詩．高逸》所載，李白初至長安，舍於逆旅。賀知章「聞其名，首訪之。既奇其姿，復請所為文。出《蜀道難》以示之。讀未竟，稱歎者數四，號為『謫仙』，解金龜換酒，與傾盡醉。」李白由此更是詩名大盛。天寶元年（七四二），玄宗召李白入京師，供奉翰林，禮遇甚隆。然兩年後，終因不服權貴而被放出京。作《夢遊天姥吟留別》一詩言志，謂「安能摧眉折腰事權貴，使我不得開心顏！」

李白離開長安後，在洛陽與杜甫相識，結為至交。白長甫十一歲，然其論詩主張同蜀中先賢陳子昂，不尚聲律，自由奔放，曾作詩調侃杜甫。據《本事詩》所載，「白才逸氣高，與陳拾遺齊名，先後合德。其論詩云：『梁陳以來，豔薄斯極，沈休文又尚以聲律，將復古道，非我而誰歟！』故陳、李二集律詩殊少。嘗言『興寄深微，五言不如四言，七言又其靡也。況使束於聲調俳優哉。』故戲杜曰：『飯顆山頭逢杜甫，頭戴笠子日卓午。借問何來太瘦生，總為從前作詩苦。』蓋譏其拘束也。」不過依我之見，孟棨此言未必得當。此詩其實是朋友之間的調侃多於譏刺，尤見二人友情之篤。李白有數首詩贈杜甫，情意深切，如《沙丘城下寄杜甫》：

我來竟何事，高臥沙丘城。城邊有古樹，日夕連秋聲。
魯酒不可醉，齊歌空復情。思君若汶水，浩蕩寄南征。

杜甫對李白則推崇備至，集中有多首寄李白、懷李白之作，反覆詠歎，三致意焉。如《春日憶李白》有句云：「白也詩無敵，飄然思不群。」《寄李十二白二十韻》云：「昔

年有狂客，號爾謫仙人。落筆驚風雨，詩成泣鬼神。」《不見》：「不見李生久，佯狂究可哀。世人皆欲殺，吾意獨憐才。敏捷詩千首，飄零酒一杯。匡山讀書處，頭白始歸來。」

自中唐以來，便不斷有人爭論李杜優劣，而以揚杜抑李者居多。韓愈《調張籍》云：「李杜文章在，光焰萬丈長。不知群兒愚，那用故謗傷？蚍蜉撼大樹，可笑不自量。」嚴羽《滄浪詩話．詩評》可謂持平之論：「子美不能為太白之飄逸，太白不能為子美之沉鬱。」李杜詩風不同，各發異彩，實不必强分上下，有所軒輊也。

再遊紫羅蘭徑／張隆溪（四月十九日）

南國日驕春去早，登臨本為駐春難。
氣清雲薄含滄海，霧重煙輕淡遠山。
佳木還添新葉翠，柔條猶見嫩芽丹。
可人最是香江色，一路芳菲愜意看。

紫羅蘭徑漫筆／張宏生（四月十九日）

隆溪大作，寫出紫羅蘭徑上山海氣象，花葉景致。余亦追攀風雅，吟出一律，謹呈清覽。

林外澗溪響珮環，葡萄美酒説榆關。
新枝蔓茂黃泥湧，舊事纏綿淺水灣。
自是嬌花偏蘊葉，片時微雨欲藏山。
臨崖最感蒼松勁，固柢深根亂石間。

美國記遊／張宏生（六月二十日）

加州一號公路

穿嶺緣溪恣蜿蜒，車行總在大洋邊。
四時花木扶疏處，一望巖崖縹緲間。
遠近閒牛芳草地，高低麗日海雲天。
程途每恨遊亭誤，竟日欲留八百旋。

大峽谷

地裂山摧維柱懸，五丁開鑿是何年。
峭崖總隱三更月，幽壑時尋一線天。
河劈高巖成巨谷，風驚老樹轉橫巔。
信知造化無窮力，萬仞蒼茫説大千。

優勝美地野燒林

高低林麓每參差，繁茂行間有瘁萎。
喜見焦枯成沃潤，還期芳碧展葳蕤。

連綿病樹扶嘉樹，窈窕新枝替舊枝。
野燒一朝彰偉力，自然順適遍山崖。

拱門公園

昔聞退之山石句，今向猶他看拱門。
天色晴好萬頃碧，驅車輾轉覓雲根。
山間疊峰更聳嶠，陰晴只待初日照。
奇石參差魚貫來，高低陡斜誇勁峭。
陂陀山嶺橫復縱，兀然處處飛來峰。

雲巒要渺誰拓辟，億萬年光記影蹤。
擠壓鹽床岩石拱，日月精華象峰聳。
門裏舒臂散煩襟，茫茫大地隆且踴。
向晚熹微益奇幻，應是天公行鳥篆。
移步換形世相多，濃淡敧直巧裝扮。
或如鷹吻識屈伸，或如靚女展笑顰。
更有三石相連屬，形象斯土原住民。
海角天涯樂采風，宇宙無窮趣無窮。
欲借韓公五色筆，收拾萬象談笑中。

黃石公園諸大景，每有一棵樹木，或榮或枯，兀立近前巖上，頗礙影像，然主事者並不移除，任其自然生長。

峽壁瀑懸九點煙，峽前一木立層顛。
休云影像妨全景，萬物枯榮盡自然。

紅杉

峰谷高低優勝美，倩誰合抱樹參天。
年輪休作桓溫歎，萬年之前更萬年。

遊黃石，與各類動物，近距離接觸。

黃石觀群動，止行各有方。林深熊趔蹶，草淺鹿徜徉。
牛向坡間臥，兔從石下忙。天人能合樂，處處水雲鄉。

黃石公園

閬苑國猷艷首頒，峰高樹茂道埼彎。
林間雲霧飄冰雨，牛背虹霓映雪山。
壁立尋常峽峭兀，泉噴旦暮靄連環。
依依更向輪輝競，萬頃平湖舞白鷴。

念奴嬌：車行內華達州，用東坡《赤壁懷古》韻

萬里行腳，恁看盡、蒼莽美西風物。烈峭飆風來大漠，遙望連綿峻壁。亂障橫空，凝雲斷嶺，磧草渾如雪。淘金潮起，多少裘馬驍傑。

蕭索誰見窮荒，蓬根新日色，青痕叢發。澍雨何時，天地廣、繁漫丘沙蹤滅。縱貫遨遊，奇瑰呼吏部，短搔銀髮。玉關遙想，礫石還上新月。

乙未春日，浙圖訪書，重來孤山，漫成三律／張宏生

牆宇清陰長薜蘿，錢塘風過動青螺。
燕裁堤畔千絲柳，舟漾湖心萬道波。
幃帙光華繩墨重，文瀾氣韻藻思多。
卅年又踏孤山路，編纂途程記磊砢。

其二

三月杭城遍錦茵，西湖鏡裏記青春。

翩飛黃蝶田疇遠，濃淡吳山鬟髻新。
入眼峰嵐知爾似，推窗柳色倩誰捫。
觀書人在丹青裏，嫋嫋芸香認未真。

其三

二塔三堤一望中，微寒撲面杏花風。
緣溪墨綠兼葱綠，夾道深紅喚淺紅。
望歧高臺成道始，覽披秘閣歎融豐。
西泠亘古歌詩地，肯許名山萬世功。

流芳園四詠／張隆溪（十月二日）

乙未仲秋應友人 Duncan Campbell 之邀赴南加州，與眾友聚會亨廷頓圖書館及園林中，研討陶元亮《桃花源記》並詩。復小憩流芳園，山林秀美，賦得五律四首。

張隆溪

其一

西岸有佳園，平湖映竹喧。惠林懷隱士，芳草念桃源。
心遠存真意，思玄辨忘言。清秋良友聚，舉酒話東軒。

其二

芳園初造訪，迤邐畫圖開。近水憑欄看，遠山入眼來。

金風吹玉露，籬菊傍秋槐。遙想淵明在，同歡且把杯。

其三

飛來奇石巨，裝點此山川。照影澄湖碧，芳菲百卉鮮。
秋風花著露，春雨柳含煙。未減平生志，猶期可補天。

其四

斯人歸去久，千載有奇文。心逐桃源夢，飛離世網塵。
吟詩音韻淡，處世性情真。五柳蔭舊宅，穆然挹清芬。

紫羅蘭徑 / 張宏生（十月十一日）

彎環山頂期重過，六月暌違又踏莎。
上下丹藤環紫蔓，高低翠麓證青螺。
嶺前風驟堪長嘯，雨裏詩佳待細哦。
維港漣漪千萬縷，明珠本色不須磨。

大潭水塘／張宏生（十月十八日）

澄澈水天半翠微，茫茫林壑暈朝暉。
潭中唼唼知魚樂，嶺外翩翩逐鳥飛。
蔥綠無邊長夏木，嬌紅數點鬧嵐霏。
欲知筋力添多少，塍路振衣手疾揮。

發梅子林向西貢／張宏生（十月二十五日）

路繞梅林一脈通，竹篁深窈碧蔥蘢。
襲人香覓三秋桂，入谷涼生九月風。
北港溪聲欣亂瀑，西灣帆影印蒼穹。
登高未盡重陽事，更得佳山入望中。

西沙古道／張隆溪（十月二十五日）

古道藏幽草，梅村樹籬樊。兩番疑失路，一退自然寬。
習習飄芳鬱，淙淙泛碧瀾。遠山浮瀚渚，臨海與相看。

遊城門水塘／張隆溪（十一月一日）

天氣清涼日色陰，水塘遊客滿城門。
隨人白犬輕趨走，覓食黃牛過狎親。[1]
竹下山泉聞玉罄，風中空碧起銀鱗。
與君共賞東坡句，妙語嘉言萬古新。

1 白犬、黃牛皆為今日所見實景。我等於中途休息時，有野牛聞得我們所帶水果香味，走進前來，與嘉琪尤其接近，我等只好走避，另尋一涼亭誦讀蘇東坡絕句二首。

梅窩至貝澳／張隆溪（十一月八日）

節令立冬天溽暑，登臨揮汗復何言。
遠山觀景層巒靜，近海聽濤碧浪喧。
白鷺林邊單足立，青牛水下仰頭眠。
問君何似桃源樂，秀色清新拾塱灣。

梅窩至貝澳／張宏生（十一月十日）

嶺表冬交暖氣該，新陽節序恍春回。
疏林翔鷺翎冠俏，淺海浮牛律呂催。
拾塱村前哦舊韻，茂家店裏動深杯。
少年格致匡方意，步舞才趨亦壯哉！

詩二首／張宏生（十一月十五日）

行於貝璐道上，眾人思緒皆被巴黎恐襲縈繞，無復往日之情，隆溪已言之矣，於我心有戚戚焉。情動於中，乃成二篇。多謝信剛校長告以「塞納河」可對「埃菲塔」。末句「三多」也順便借來。

巴黎恐襲

文明同異路如何？一夜花都淚血多。
戾暴原由心作祟，仇讎無奈法成魔。
惶憂光黯埃菲塔，怒忿波騰塞納河。
恐襲人天應共憤，全球光燭影婆娑。

貝璐道

高低坑谷遍藤蘿，謝女玄言費琢磨。
流靄當空波浩渺，落花滿地路陂陀。
人行貝璐方揮杖，心騁巴黎共枕戈。
清議富臨憑寄語，從今天下恐三多。

感懷二首／張隆溪（十一月十六日）

上週五（十一月十三日）夜，巴黎突遭伊斯蘭國恐怖襲擊，無辜平民慘遭屠戮，死者百數十人。噩耗傳來，我等無不哀悼。然近年來中東多國硝煙四起，城池頹毀，致使哀鴻遍野，潮湧歐陸。恐襲報復，雖野蠻可鄙，卻也非全然意外，思之不能不令人憂心忡忡。

法京噩耗五更來，喋血無端究可哀。
歐陸驚鴻魂未定，中東斷壁已成灰。
奉神惟我難多福，自是非他[1]必釀災。
安得兵戎消弭盡，普天清朗去塵埃。

其二

香江秋意淡，未信已初冬。
四野花猶放，平林暑氣濃。
依山思廣宇[2]，臨海念環中[3]。
諸友登臨意，悠悠在此峯。

1 自是非他：《莊子．齊物論》評不同思想派別之爭曰：「欲是其所非而非其所是，則莫若以明。」
2 廣宇：魯迅《無題》：「心事浩茫連廣宇，於無聲處聽驚雷。」
3 環中：《莊子．齊物論》論消弭各以是非爭執之法曰：「是亦彼也，彼亦是也。彼亦一是非，此亦一是非。果且有彼是乎哉？果且無彼是乎哉？彼是莫得其偶，謂之道樞。樞始得其環中，以應無窮。是亦一無窮，非亦一無窮也。故曰莫若以明。」

西江月／張宏生（十一月二十二日）

三冬佳日，艷陽清風，經紫羅蘭徑，遊大潭水塘，小憩於紫羅蘭崗橋畔，友人有唱《西江月》者，深情綿邈，空谷傳響。

潭篤塘前林茂，紫崗橋畔聲喧。舊時蹊徑仍鮮妍。壩下澄波似緞。
佳日艷陽朗照，清風瓊島迴環。西江月裏憶華年，往事今吾點讚。

踏莎行・大灘／張宏生（十一月二十九日）

淺浪微茫，晴灣浩瀚。大鵬大亞遙岑見。
帆檣簇簇競乘風，溪橋影動翔鱗亂。
陌上花喧，林間鳥囀。遊人攘攘行途漫。
曲江心事倩誰知，大灘山水同流轉。

海下灣／張隆溪（十一月二十九日）

迴還九里行沙徑，無限風光眼底橫。
碧海波清帆影靜，半程澎湃是濤聲。

遊石壁水塘／張隆溪（十二月六日）

今日行石壁水塘，乃吾輩素所喜愛之路徑，加之風清氣朗，一路風景如畫，眾皆稱善。尤可記者，為颯然風過之時，路旁叢竹作吾所謂「裂金碎玉」之聲。至石壁海灣，復有洪濤大浪，翻捲而來，轟然若巨石滾動，輕雷臨空。沿山而上，反觀海灘風景，更令人有心曠神怡之感。於是成詩一首，呈諸友雅正。

隆溪

風景舊諳憐石壁，輕寒意愜繞山行。
千竿葉落枯銅骨，萬壑風來裂玉聲。
鏜鞳[1]驚濤層浪卷，回環曲岸細沙清。
登高回望雲天闊，共此天涯四海情[2]。

1 鏜鞳，狀海浪拍擊石壁之聲。蘇東坡《石鐘山記》：有大石「與風水相吞吐，有窾坎鏜鞳之聲。」
2 天涯四海情，謂友情存於四海。唐王勃《送杜少府之任蜀州》：「海內存知己，天涯若比鄰。」

由龍脊經大浪灣至石澳／張隆溪（十二月十三日）

歲末清冷未覺寒，登臨總為愛丘山[1]。
龜峯四合相看臥，龍脊中分兩面觀[2]。
綠樹白花擁野徑，翠巒碧海掩輕煙。
去年攜友[3]同遊處，惟見千層雪浪翻。

1 愛丘山：陶潛《歸園田居五首》其一：「少無適俗韻，性本愛丘山。」

2 龜峯句：由龍脊望去，見海中有數小島如龜臥水中，相對而眠。於龍脊高處可分望兩邊，皆浩瀚大海。看，讀陽平。

3 去年攜友：去年有德國友人同遊龍脊及大浪灣，詠歌德詩作。今日重臨此處，不禁憶及當日光景。

二〇一六年

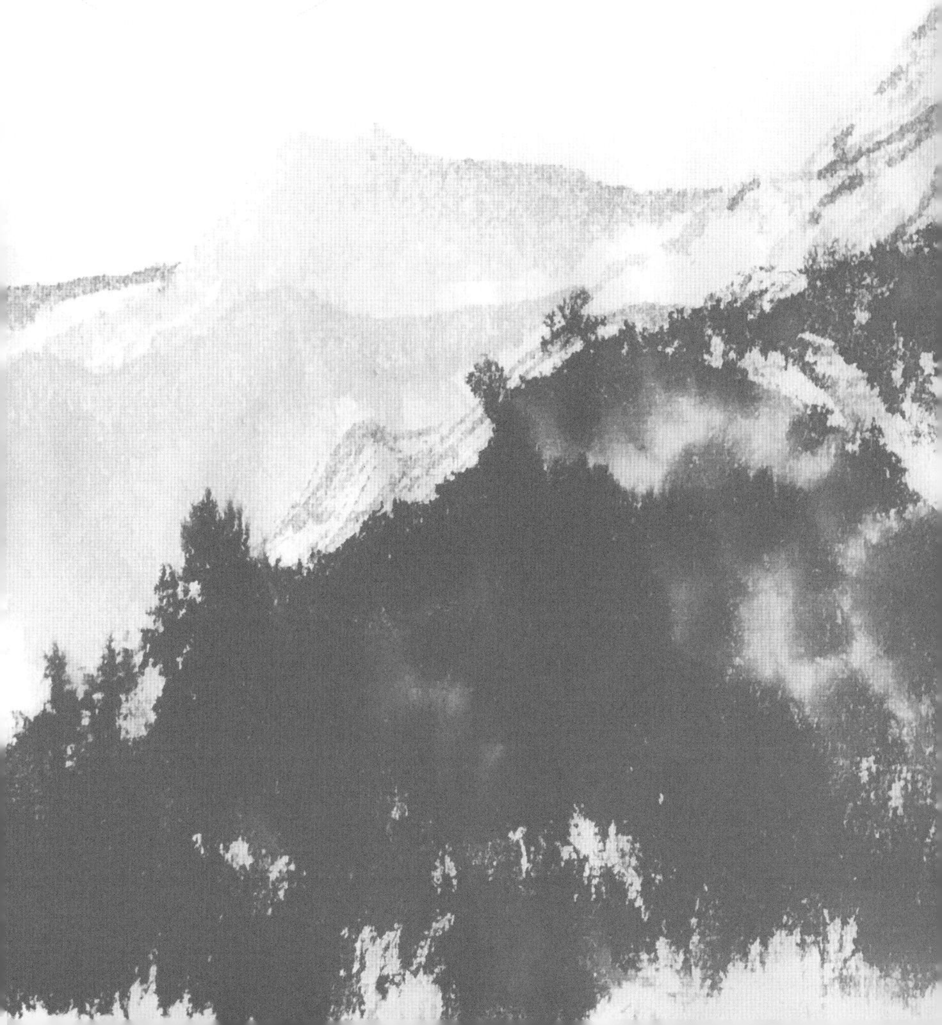

再遊拾塱村／張隆溪（三月六日）

諸位朋友，今日由梅窩經貝澳重遊拾塱村，有金銓帶來七位國內青年學者，與我等同行，不僅談説古今，評點中外，而且在拾塱村鄉公所前吟誦宋人李彌遜《春日即事》詩，有用吳儂軟語者，復有用鏗鏘之北音者，南北差異立見，然各有千秋，令人難忘。返家後成詩一首紀之，呈與諸友教正。

隆溪

重巒如畫層雲淡，水碧沙清拾塱村。
白鷺青牛猶舊識，彤花翠葉是初春。
觀山放眼談中外，臨海興懷説古今。
雅趣吟詩應記取，北音吳語共長吟。

霧中行馬鞍山／張隆溪（三月十三日）

一夜無聲疏雨細，平明猶得感輕寒。
風搖玉露生涓滴[1]，霧重霏微[2]發紫煙。
野徑嶙峋山石瘦，滄波渾沌水雲寬。
黃花舒展迎春色，回首枝頭帶笑看。

1 涓滴：風過時，枝頭積水飄落有如雨滴。杜甫《倦夜》：「重露成涓滴，稀星乍有無。」
2 霏微：水氣瀰漫朦朧之貌。梁王僧孺《侍宴詩》：「散漫輕煙轉，霏微商雲散。」

踏莎行／張宏生（三月二十一日）

萬樹紅稠，千山綠漫。春光意態同流轉。
徑深積葉韻如秋，榕根浩盪明望眼。
霧重林幽，坡長腿健。溪清石罅開苔蘚。
樹頭黃蕊不知名，濛濛亂撲遊人面。

玉樓春・遊嘉道理農場／張宏生（三月二十七日）

重遊嘉道理農場，晴日朗照，山水如畫，談天說地，不亦樂乎。此地多蘭花，辟為專室，頗便觀賞。誦屈原《離騷》「予既滋蘭之九畹兮，又樹蕙之百畝」句，眾皆感喟。下坡處，有黃鐘花數樹，天氣寒冷，雖不如往年之怒放，但好花半開，亦為一種意境。乃成《玉樓春》小詞一首。

兼旬霧雨初晴暖。嘉道圃園重晤面。
山間流瀑水聲多，苔滑藤籬影欲亂。
慈山大埔情無限。元朗薄林忽入眼。
道旁檢點大金鐘，花好何妨開一半。

〈玉樓春・遊嘉道理農場〉

晴日重遊嘉道理／張隆溪（三月二十七日）

諸位朋友，今日至嘉道理農場，晴日當空而又有涼意，與數年前來此之煙雲繚繞，露華濃重之態迥然不同。我正在國泰候機室等待出發赴阿布扎比，見宏生大作，亦口占一絕應之。

隆溪

憶昔空濛露華濃，今朝翠色滿山中。
春蘭淡雅猶君子，一縷幽香臨蕙風。

遊石壁郊野徑／張隆溪（四月三日）

今日在大嶼山取道石壁郊野徑，一路行來，有蝴蝶飛舞，野花盛開，山徑回環，層林著彩。至寶蓮寺心經簡林，見饒宗頤先生手書心經，刻於巨木之上，立於層巒之間，說般若之大智，雖百世而不刊。遊此不僅得山林之野趣，更可頌精深之佛典，觀山色之空翠，悟無常之妙禪。歸來得句，呈諸友法眼。

隆溪

仲春日暖花開遍，一路芳菲草木間。
青靄生煙浮石壁，碧枝弄影照澄潭。
妙文古奧書經柱，法相莊嚴坐寶蓮。
得悟此心無掛礙，方知翠色即空山。

〈遊石壁郊野徑〉

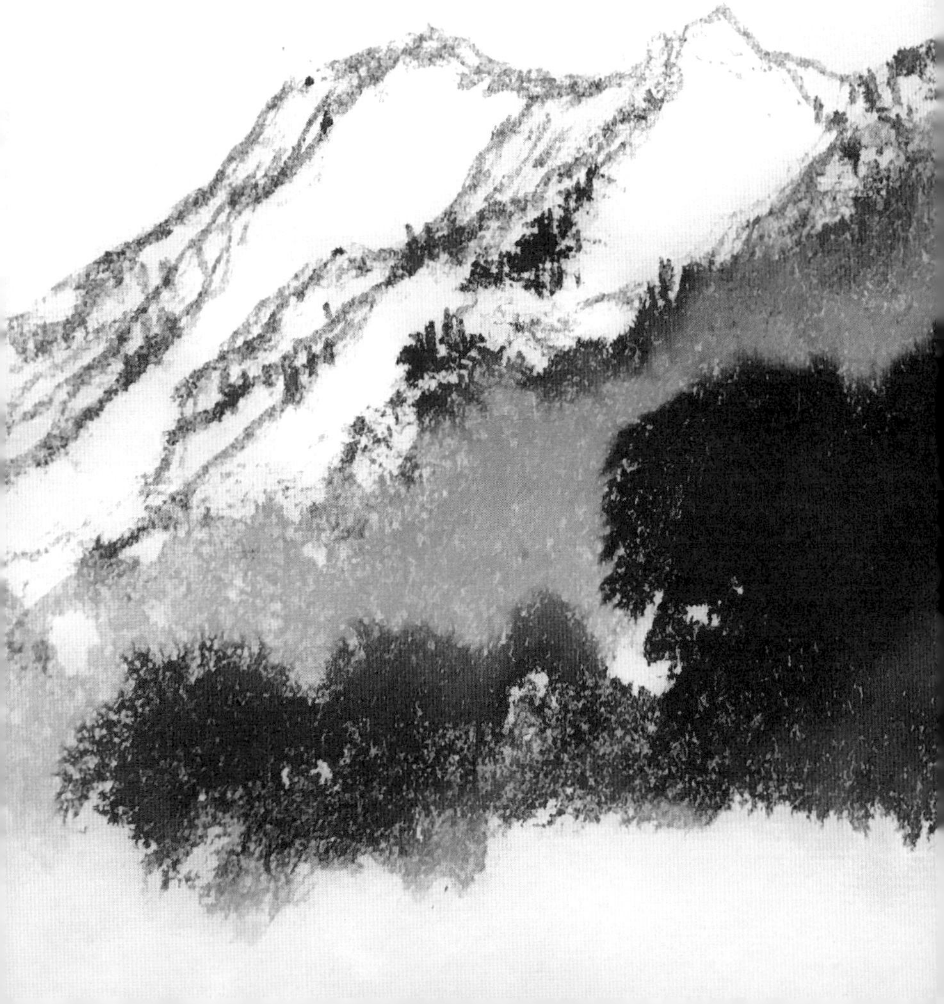

行紫羅蘭徑／張宏生（四月十七日）

霧中行山，別有興味。紫崗橋畔誦老杜《江亭》一詩，其曲終奏雅，方自沉浸大自然美景中，忽然闌入家國之憂。拙作亦略加效颦，記下敏民、薇林等見到海灣旁巨大新樓盤時之感嘆咨嗟，以為後人論世之資。

正是暮春三月時，水塘雨後漫簾幃。
遙山濃淡忽開宕，野徑高低好護持。
豪隼乘流窺霧港，新蟬振羽曳疏枝。
樓盤入眼旋驚乍，無盡海天隱陋媸。

二〇一七年

答諸友／張隆溪（九月十八日）

丁酉七月廿六日（二〇一七年九月十六日），蔣寅、戴偉華、張宏生、張健、周裕鍇、汪春泓等諸友於華南師範大學舉辦「對話與融通：中國文化與國際視野」學術論壇，復設晚宴於珠江之濱，為余七十壽慶，且惠余詩卷，嘉言雅興，暢敘幽情。余無任感激，賦詩以答。

張隆溪

無涯學海任浮沈，黽勉窮年以至今。
異代反三明共理，東西宇一悟同心。
不知老至悠遊遠，尚欲詩來細詠吟。
朋輩珠江雅聚樂，感君厚誼貴於金。

龍脊行山 / 張宏生（十月二十九日）

山水知音未覺慚，依然健足入煙嵐。
千層碧浪浮佳勝，萬里晴空印暢酣。
懷古遙遙期痛飲，誦詩娓娓佐清譚。
涼亭放眼高天闊，石澳藍塘一鑒涵。

二〇一八年

春日山頂遊／張隆溪（二月四日）

歲寒卻是春歸日，碧海輕波薄霧開。
宛轉青岑遊舊徑，笑談數友喜新來。
香江夢斷千山雪，庾嶺魂飛一片梅。
此景流年應不盡，相期把酒共傾杯。

立春日太平山行山／張宏生（二月五日）

太平山頂行山，正逢立春，追步隆溪之後，亦賦詩一首。

料峭曉寒著意催，太平山上待新雷。
峰藏霧裏浮維港，榕勁雲間隱越臺。
大帽遙傳花浩蕩，中環高論玉瓊瑰。
春盤才薦呼春酒，萬象生機喚又回。

石壁行山有感／張隆溪（二月二十六日）

昨日為戊戌新春正月初十，農曆新年後第一次行山。由嘉琪主導，八時半先於地鐵東涌站集合，乘11號巴士至石壁水塘，沿東邊山徑拾級而上，一路景色怡人，林蔭如蓋，後行至大嶼山寶蓮寺饒宗頤先生手書之心經簡林。復乘巴士至梅窩，在Bahce土耳其餐館午餐，然後乘船返回港島。途中吟清末民初湘綺樓主人王闓運《多難》詩，余以英文撰中國文學史引有此詩，即附拙譯與眾友分享。返家後又得詩一首，呈諸友教正。

張隆溪

再登石壁身猶健，豈畏重攀百步梯。
喬木層蔭山徑遠，煙波浩渺海雲低。
幡飄禪寺觀自在，簡刻心經路不迷。
誰道人間風雨晦，還將白髮唱雄雞。

戊戌正月元荃古道行山／張宏生（三月四日）

遙巘能將意氣誇，空濛休說野雲遮。
參差紫菡塘前雨，爛漫紅桃霧裏花。
一點嫩晴青馬杳，千林新葉碧山斜。
坡亭弦誦雷聲遠，詩興無邊好歲華。

〈戊戌正月元荃古道行山〉

遊元荃古道遇雨有作／張隆溪（三月四日）

今日元荃古道之行，見道旁桃花盛開，爍人眼目，紅若胭脂，暈染出一片春意。到得山中涼亭，突遇陣雨，眾友不得不多留一時，由宏生帶領讀宋人宋祁《木蘭花》（又作玉樓春）詞一首，即有「紅杏枝頭春意鬧」句者。余亦出清人何紹基《滬上雜書》一首並余英譯，詩中感嘆清末上海被列強瓜分，而又有金碧繁華之相。雨停後，吾等決定繼續前往，沿田夫仔經清快塘村蓮池行至深井。一路上煙霧繚繞，山色空濛，見前所未見之奇景。少焉，有陽光透過疏林，灑於山徑之上，復有陣陣清風襲來，令人倍覺舒暢。今日因雨而得見奇景，眾皆謂善。此不能不有詩紀之，宏生筆健，先成一首，余亦隨其後作七律一首，供諸友一哂。

桃花巧笑知春色，丹桂隨風散鬱芬。
蒼靄漸生林下暗，輕雷乍過樹間聞。
空山微雨空山霧，半入青煙半入雲。
古道蜿蜒今又度，此情他日待思君。

〈遊元荃古道遇雨有作〉

貝璐道／張宏生（三月十一日）

貝璐道長春意濃，嬌黃灼灼記金鐘。
飄香紅蕊薰風嫋，漱石清流碧玉淙。
雲散長空添浩浩，鳥鳴叢灌隱噰噰。
誦詩感蕩柴翁句，溪畔逍遙卻憫農。

遊嘉道理農場／張宏生（三月十八日）

嘉道理行山，信剛校長説起嘉道理爵士以猶太人而不得住太平山頂，乃憤而於新界、九龍各購置一處，加以發展，嘉道理農場即其一。首二句即言此事，太平山，一名爐峰。流斛，花名，即流蘇石斛。

爐峰難卜亦雄才，六十年前錦繡堆。
流斛淺深分苜蓿，幽蘭窈窕上莓苔。
杜鵑叢裏山騰火，龍眼枝頭葉獻醅。
紅紫滿園春意好，道嘉端在萬花開。

梅窩至貝澳遊／張隆溪（三月二十五日）

今日行山開始時，有些微細雨，反使天清氣爽，一路走來春光如畫，心情舒暢。成詩一首，呈諸友一哂。

渾似天公知我意，東風輕拂雨絲斜。
濤聲吐語連滄海，霽色流光映翠霞。
千朵紫荊妍曲徑，一行白鷺涉平沙。
杜鵑最解春將老，越牆嫣紅過竹笆。

〈梅窩至貝澳遊〉

錢鍾書會議賦詩一首／張隆溪（十一月六日）

二〇一八年十月二十五至二十七日，由我主持由牛津大學艾克塞特學院、北京大學中文系及燕京學堂共同在北大舉辦「匯通中西：錢鍾書先生人文學術成就國際研討會」。會後有胡曉明、汪榮祖先生題詠，辭意親切，令人感動。余亦賦和一首。

管窺錐指鑄宏編，大道疏通匯百川。
中土文章憑闡要，泰西哲理任鉤玄。
叮嚀寄望慚當日，聆教思恩憶昔年。
最愛未名湖畔柳，絲絲弄碧意拳拳。

附胡曉明、汪榮祖詩／胡曉明（十月二十七日）

己未年購得《管錐編》今已近四十年矣。未名湖畔召開錢學會感賦二首，自京飛貴陽鵬背作。

一

憶得當年掩卷時，夜闌清夢有燈知。
家山縹緲魂飛苦，忽放心花千萬枝。

二

燈火韋編幾絕時，讀錢甘苦此心知。
未名湖畔柳千樹，欲挽秋光弄一枝。

默丈仙逝二十年北大聚會感賦三絕／汪榮祖（十月三十日）

二十年來夢裏人，未能鑿夢最傷神。
音容入夢終成幻，夢逝惆悵幻亦真。

深秋北國降霜時，盛會群賢出巧思。
心事任憑來者說，九泉安得有微詞。

偉業名山應自知，難期教外別傳枝。
眼高每欲焚遺稿，最恨無端惹訟辭。

二〇一九年

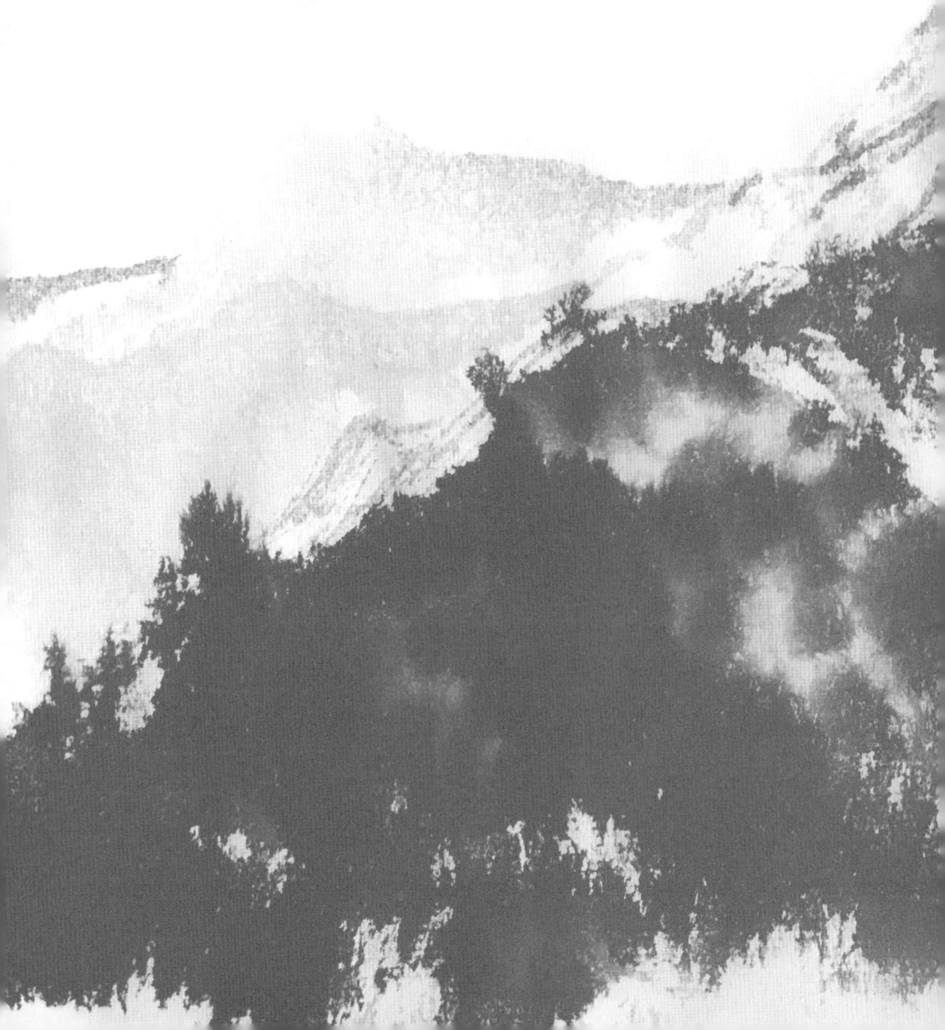

遊慈山寺／張隆溪（三月五日）

慈山寺在香港大埔洞梓，由李嘉誠捐資十五億港元興建，二〇一四年竣工，二〇一五年四月開放，供遊人參觀。此寺雖為新建，但設計參考唐代寺院建築，頗有古風。寺北靠八仙嶺，南向吐露港，寺內有七十六米高之白衣觀音像，遊人可捧一盂淨水，供奉菩薩。此寺不設香火，每日限定參觀人數，三月初有緣一往，成詩一首記之。

平明雨霽映春深，半入雲煙翠島峋。
碧海青山擁佛寺，寶蓮玉座托金身。
禪心葉密菩提茂，功德清涼般若純。
無慮無憂觀物化，隨緣信步一遊人。

霧中重遊山頂／張隆溪（三月二十四日）

連宵細雨近明前，曲徑重遊往復還。
漠漠寒輕花著露，霏霏霧薄嶺含煙。
滿山翠色憐芳草，一片疏林啼杜鵑。
諸友笑談天下事，不知老至忘流年。

己亥冬日遊姑蘇滄浪亭／張隆溪（十二月二十一日）

己亥冬至前二日（二〇一九年十二月二十日），蘇州大學趙訒博士陪同我與薇林遊蘇州滄浪亭。是日天稍寒，絕少遊人，猶覺庭園清新，山色冷峻，得詩一首以誌之。

得閒信步遊滄浪，曲徑丘園轉畫屏。
殘舊何堪隨雨露，葺新喜見碧松亭。
幽篁玉立張文氣，叢桂枝高展德馨。
明月清風情無限[1]，吳中山水競娉婷。

1 明月清風情無限：滄浪亭上有集歐陽修與蘇舜欽句對聯：「清風明月本無價，近水遠山皆有情。」

二〇二〇年

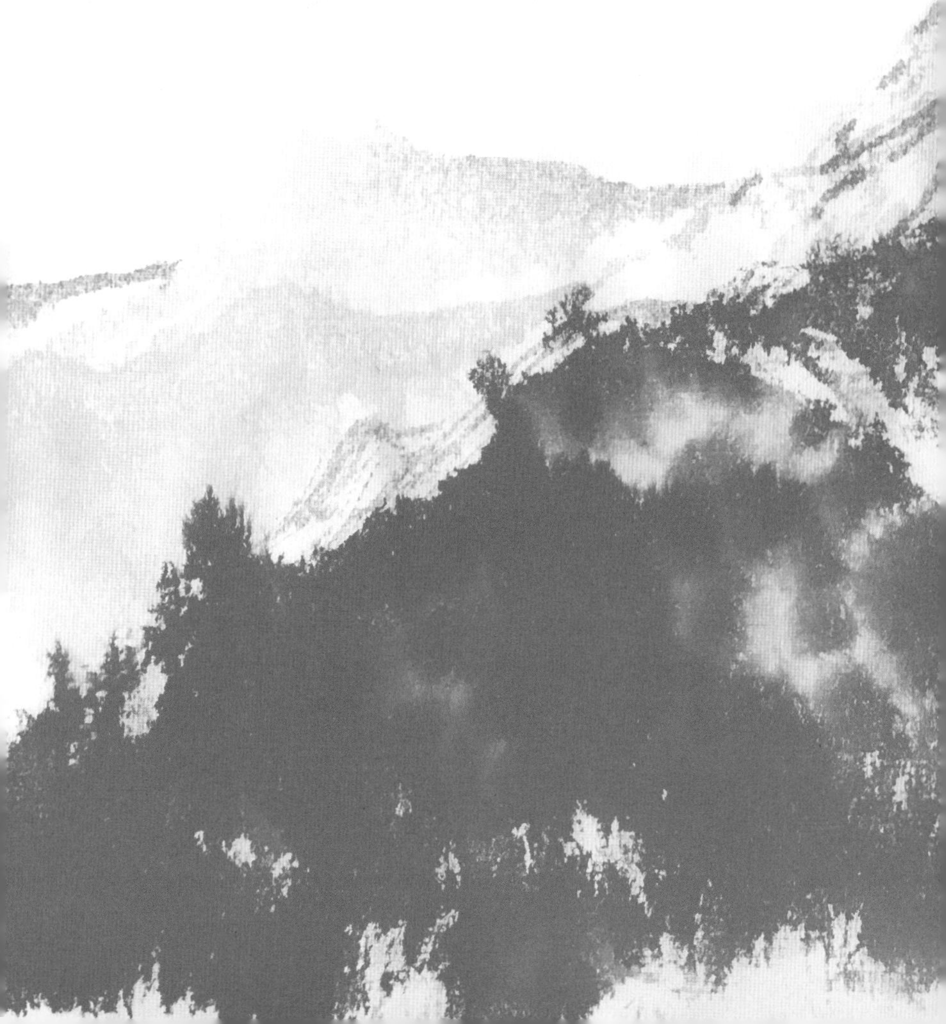

庚子感懷五首／張隆溪（四月十三日）

二〇二〇為庚子年，反觀前三甲子，第一次鴉片戰爭（一八四〇）、義和團以及八國聯軍攻入北京火燒圓明園（一九〇〇）、六零年大饑荒（一九六〇）均為庚子年之禍。今年年初新型冠狀肺炎病毒爆發，肆虐全球，多國政府皆閉關鎖國，平民百姓均足不出戶，災害之深且廣，實為史上所罕見。撫今追昔，不禁感慨繫之。鍾嶸曰：「使窮賤易安，幽居靡悶，莫尚於詩矣。」誠哉斯言。

張隆溪二〇二〇年春作於宅居避病之時

一

百年金鼠復庚子，疫癘無形起歲初。
封邑九州均避病，閉門千里各深居。

方憂客舍春來晚，更嘆江城禍焚如。
遙念禹功磯上草[1]，復甦何日費躊躇。

1 禹功磯在漢陽龜山東麓，晴川閣下，與黃鶴樓隔江相望，相傳大禹於此疏導江漢，治理洪水，故名。

二

春寒料峭黯神州，四海蒼生共此憂。
魑魅[1]含沙來底處，飛災流毒竟誰尤。
但期除病回春手，且做隨心汗漫遊。
新燕微風[2]歸錦里，梅香猶夢草堂幽。

1 魑魅：杜甫《天末懷李白》：「文章憎命達，魑魅喜人過。」
2 新燕微風：杜甫在成都作《水檻遣心二首》之一：「細雨魚兒出，微風燕子斜。」

三

鷓鴣音遠[1]聞窗外，夜雨無聲[2]已入春。
天地不仁[3]均萬類，毒瘟流泛藐畦畛。
莫須闚牖憑維網，挫鋭同塵念友人。
所喜閉門無雜務，蝸居容膝[4]享天倫。

1 鷓鴣音遠：辛棄疾《菩薩蠻》：「江晚正愁余，山深聞鷓鴣。」
2 夜雨無聲：杜甫《春夜喜雨》：「好雨知時節，當春乃發生。隨風潛入夜，潤物細無聲。」
3 天地不仁，無須闚牖，挫鋭同塵：《老子》五章：「天地不仁，以萬物為芻狗。」四十七章：「不出戶，知天下；不闚牖，見天道。」五十六章：「塞其兑，閉其門，拙其鋭，解其分，和其光，同其塵，是謂玄同。」
4 容膝：陶潛《歸去來兮辭》：「倚南窗以寄傲，審容膝之易安。」

四

應是陽春花似錦，門前寂寞巷無車[1]。
開窗乏景常思舊，閉戶多閒好著書。
老我心安知失馬[2]，嬌兒手巧善烹魚[3]。
家人骨肉時相伴，旬月何妨陋室居[4]。

1 巷無車：陶潛《飲酒》第五：「結廬在人境，而無車馬喧。」又《歸園田居五首》之二：「野外罕人事，窮巷寡輪鞅。」

2 知失馬：《淮南子・人間訓》：「夫禍福之轉而相生，其變難見也。近塞上之人有善術者。馬無故亡而入胡。人皆吊之，其父曰：『此何遽不為福乎？』居數月，其馬將胡駿馬而歸。人皆賀之，其父曰：『此何遽不能為禍乎？』家富良馬，其子好騎，墮而折其髀。人皆吊之，其父曰：『此何遽不為福乎？』居一年，胡人大入塞。丁壯者引弦而戰。近塞之人，死者十九。此獨以跛之故，父子相保。故福之為禍，禍之為福，化不可極，深不可測也。」

3 善烹魚：《詩・檜風・匪風》：「誰能亨魚？溉之釜鬵。」亨，古字與烹同。

4 陋室居：《論語・子罕》：「君子居之，何陋之有？」

五

可哀瘟疫臨天下，除病回春未有期。

萬里江山多涉難，百年世事不堪悲。

伐柯[1]取則應非遠，閉闔[2]當思痛定時。

六十輪迴須記取，細觀殷鑑策安危。

1 伐柯：《詩．豳風．伐柯》：「伐柯伐柯，其則不遠。」

2 閉闔當思：事本《漢書》卷七六《韓延壽傳》，延壽為官曾「入臥傳舍，閉闔思過。」又韓愈《與李翺書》：「今而思之，如痛定之人，思當痛之時，不知何能自處也。」

二〇二二年

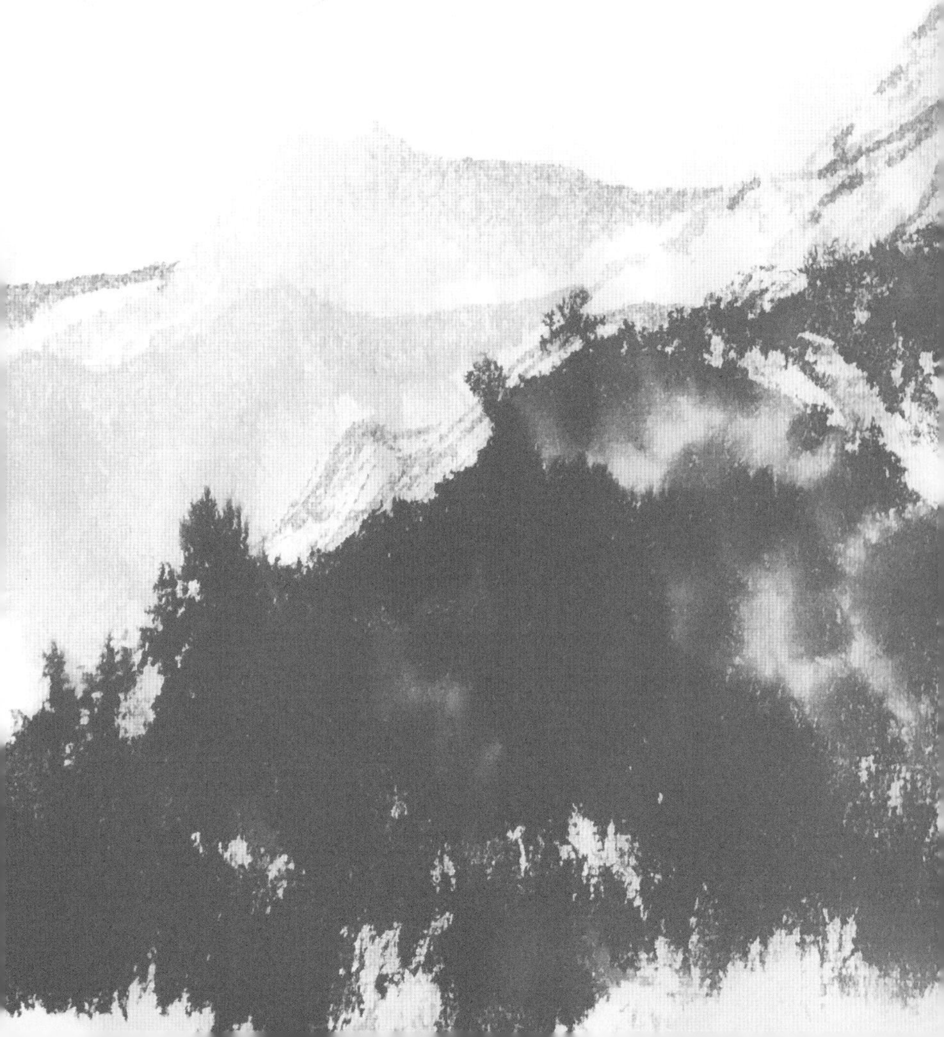

開年山行／張隆溪（元月二日）

新年元旦後第二日，與諸友沿印洲塘郊野徑經茘枝窩行至鹿頸村，一路風景秀麗，十分愉快。賦詩一首以記之。

張隆溪

山行漫步開新歲，談笑聲聲入翠微。
石下紫泉添秀色，溪間碧樹映清暉。
流鶯日斜穿林啼，白鷺波迴近水飛。
可喜香江多野趣，同遊酣暢不思歸。

北潭涌西貢行／張隆溪（元月八日）

今日天清氣朗，行山起點為西貢郊野公園，由北潭涌教育徑沿上窯郊野徑至麥理浩徑。一路疏林清幽，野趣盎然，時望碧海遠山，寧靜如睡。隊伍中有心健而意猶未盡者，再登大蛇嶺。崖斷無路，攀枝而下，蹎躓惶悚，竟生不能如猿猱長臂飛壁之恨。終至平地，乘車至西貢洪記海鮮餐館與我等會合，皆大歡喜。

張隆溪

冬山如睡晴空靜，碧海煙波萬里平。
信步疏林憐野色，吟詩斷岸喜嚶鳴。
壯懷分隊登高嶺，顛躓同袍倍友情。
朋輩忘年談讌樂，相期攜手共晨征。

〈北潭涌西貢行〉

2022年元月8日，週六

今日一行十一人從西貢郊野公園出發，沿北潭涌教育徑至上窰郊野徑和麥理浩徑，一路山徑穿林而過，常見海景開闊，海水平靜，色澤碧藍，秀麗清朗，行山後搭的士至西貢洪記海鮮午餐。

今日行山中途講杜甫兩絕句如下：

兩個黃鸝鳴翠柳 一行白鷺上青天
窗含西嶺千秋雪 門泊東吳萬里船
黃四娘家花滿蹊 千朵萬朵壓枝低
留連戲蝶時時舞 自在嬌鶯恰恰啼

今日參加行山諸友簽名如下：

姓名	滿意度
[illegible]	5
雨政林	★★★★★
張隆溪	★★★★★

官兵分兩路，一路按預定路線至西貢海邊洪記海鮮；一路沿大蛇坳繼續前行，無奈路線迷路，披荊斬棘，草木中尋找出路，叹似林中之猴未進化成兩足

直立人类的生存智慧。回
程险峻，初见峻竟一屁
股坐于一大块儿青苔之石，
实为人类赢回些许智慧。
黄园在滑石上不慎跌倒，
幸无大碍。一众人于凿记重聚，
进丰盛海鲜压惊。

王强补记
2020.1.8 西贡
凿记

姓名	满意度
王强	5
龚方雄	4.5+
陈颖	5
黄园	4.5+
周怀仪	4.5
薛燕峰	4.5+
丁镒	5
阎小弢	5

賦詩一首記今日行山

今日天清氣朗，行山起點為西貢
郊野公園，由北潭涌教育徑沿上
窰郊野徑至麥理浩徑。一路綠林
清幽，野趣盎然，眺望碧海遠山，
寧靜如睡。隊伍中有心健而意
猶未盡者，再登大蛇嶺，崖斷無路，
攀枝而下，顛躓惶悚，竟生不能如

再游元荃古道／張隆溪（元月十五日）

多年前，曾數次沿元荃古道至深井行山，三年未至，今日與諸位新朋友舊地重游，頗覺不易。然難易亦在一念之間，堅持走完全程，尤感欣慰。古道風景依舊，清風和煦，篁竹鳴翠。後經大棠山道，有楓葉殘紅猶在，似昭告春之即來也。得詩一首記之。

張隆溪

盤桓古道似蛇行，迭宕高低奮力征。
幽徑風清鳴翠竹，野塘林翳囀黃鶯。
陰晴依勢千山變，難易隨心一念平。
莫怨大棠紅葉老，落花原是報春聲。

石壁水塘至大澳行／張隆溪（元月二十二日）

今日由石壁水塘出發，沿鳳凰徑經大浪灣營地及二澳至大澳。途中偶有微雨，山間雲氣繚繞，一路時見大海，耳畔濤聲澎湃。又有細浪白沙，疏林翠竹，寒花野果，畦菜農蔬，田疇臨山，荒村近海，萍漂蓮睡，魚潛鷗浮。行至大澳，夕陽西下，水光交映，江山如畫。諸友無不讚歎。成詩一首以志悠遊之樂耳。

張隆溪

晨風微雨帶輕寒，煙靄氤氳嶽麓間。
一片白沙臨碧海，千層翠葉滿青山。
友朋談笑知多興，幽谷吟詩足解顏。
回首水天相映處，斜陽光爍暮雲還。

〈石壁水塘至大澳行〉

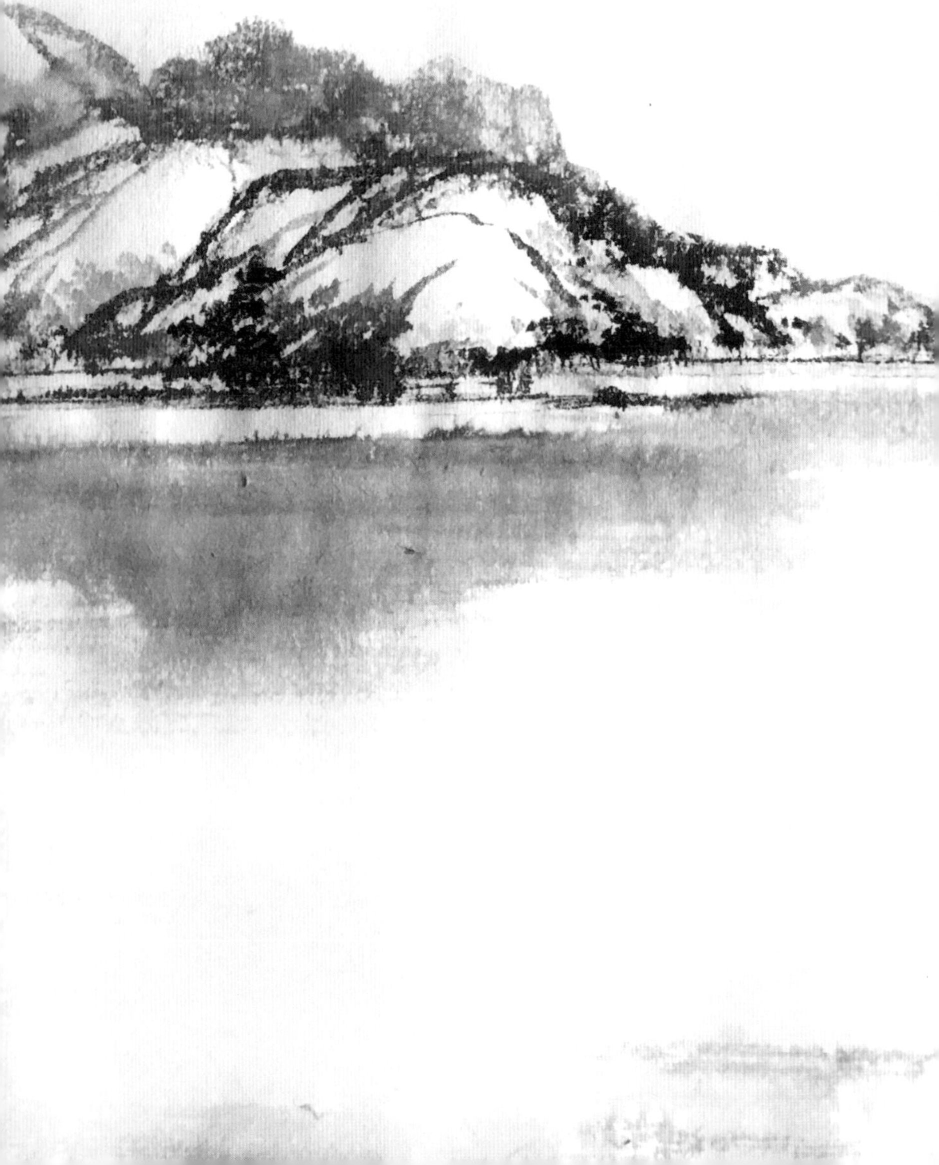

大嶼山古炮臺／張隆溪（元月二十二日）

在大嶼山見康熙五十六年（一七一七）所建之古炮臺，鴉片戰爭後由英人佔領，一八九八年後荒廢，一九八五年於舊址稍加修葺。今見護牆環繞，山石犖確，略可想見數百年前情景。然登臺四望，唯蒼山古樹，碧海波濤，不禁感慨繫之。口占一絕，傳與諸友一哂。

山石嵯峨古炮臺，百年世事究可哀。
忠魂英烈今何在？碧海風高捲浪來。

〈大嶼山古砲臺〉

虎年大澳虎山行 / 張隆溪（二月二日）

壬寅正月初二日，眾友沿鳳凰徑第五六段登羌山、觀音山、靈會山至大澳。今晨微雨，山上煙籠霧鎖，然有新葉萌生，似催春早至。隊中精壯再登虎山，以領歲始虎威之氣。後至大澳漁村用餐，談笑風生，盡興而歸。成詩一首，以誌新春行山之樂耳。

張隆溪

虎年初始虎山行，一路青青野色新。
幽徑但憐林下草，空山不見霧中人。
棲枝鷗鳥若催日，含露萌芽欲報春。
眾友登臨誇步健，氣和萬物養精神。

氣和養神：《呂氏春秋·盡數》雲：「聖人察陰陽之宜，辨萬物之利，以便生，故精神安乎形，而年壽得長焉。」此句最合我等行山健身之舉。

〈虎年大澳虎山行〉

英文《中國文學史》稿成，感賦一絕／張隆溪（四月二十五日）

壬寅之春，英文《中國文學史》稿成。以二十萬言，敘三千年麗藻華章之歷史。稿成有感，賦七絕一首。

二十萬言嘗作史，三千歷歲述先賢。
先賢不識君莫笑，鶴立蛇行域外傳。[1]

1「鶴立蛇行」出自唐玄宗《唵字讚》又名《題梵書》詩：「鶴立蛇行勢未休，五天文字鬼神愁。儒門弟子無人識，穿耳胡僧笑點頭。」

香江行山雅詠

責任編輯 葉秋弦
裝幀設計 簡雋盈
排　　版 陳美連
印　　務 林佳年

作者 張隆溪　張宏生　張健
編者 張隆溪
出版 中華書局（香港）有限公司
香港北角英皇道四九九號北角工業大廈一樓B
電話 （852）2137 2338
傳真 （852）2713 8202
電子郵件 info@chunghwabook.com.hk
網址 http://www.chunghwabook.com.hk
發行 香港聯合書刊物流有限公司
香港新界荃灣德士古道二二〇－二四八號
荃灣工業中心十六樓
電話 （852）2150 2100
傳真 （852）2407 3062
電子郵件 info@suplogistics.com.hk
印刷 美雅印刷製本有限公司
香港觀塘榮業街六號海濱工業大廈四樓A室
版次 二〇二三年一月初版
© 2023 中華書局（香港）有限公司
規格 三十二開（210 mm × 140 mm）
ISBN 978-988-8809-34-9

香港藝術發展局
Hong Kong Arts Development Council 資助

香港藝術發展局全力支持藝術表達自由，
本計劃內容並不反映本局意見。